Dans les bras De Gabrielle

TOME I

Anthony MARCHICA

Éditions

Pour toi GIULIA ma fille, que j'aime sans limite, et où le combat de la vie fut un enfer infini, le jour où on a essayé de t'éloigner de moi.

A mon père qui a corrigé le livre et qui s'est dépensé afin que je puisse le terminer.

A ma meilleure amie PITOU pour qui le temps à su s'arrêter, le jour où tu nous a quitté... beaucoup trop tôt.

INTRODUCTION

PROLOGUE

Il existe une infinité de mondes parallèles dans notre univers, parmi lesquels on distingue : le paradis, l'enfer et le purgatoire.

Le purgatoire est le pire endroit, que l'être humain puisse imaginer.

Dépourvu de toute source de lumière, oublié de Dieu, l'homme a toute l'éternité pour penser à ses actions passées...

Dites vous bien qu'à l'heure actuelle, personne n'est digne d'aller au paradis !. Comment voyez vous la perfection ? Comment Dieu la voit-elle ?

Là est la question... ! C'est ce que nous allons nous efforcer d'y répondre, ou du moins apporter une lumière à une question jusqu'alors non élucidée.

Il faut dire que le cycle du temps n'a aucune valeur dans les dimensions parallèles qui nous intéressent.

Le temps passé dans la dimension parallèle peut tout aussi bien valoir une seconde comme dix siècles sur notre terre.

L'histoire qui va se dérouler est tirée de certains faits historiques connus de tout un chacun, vérité ou fiction ? C'est à vous d'en juger.

Vous ne connaissez que ce qu'on a bien voulu vous faire croire, mais si la vérité était toute autre... seriez vous prêts (ou prêtes) à l'accepter ?

Êtes vous prêts à changer votre façon de voir les choses ?

Seriez vous prêts à voire la vie et la mort du coté de la lumière ? Ou de l'obscurité ?

Les noms des personnages n'ont pas été changés, mais ils sont vus avec une perspective différente .

Il y a le monde dans lequel nous vivons chaque jours que nous pouvons lier à un endroit intermédiaire entre le ciel, l'enfer et le purgatoire, et il y a une des trois autres dimensions que nous sommes sensés rejoindre quand notre vie s'achève, je parle bien évidemment du paradis, de l'enfer et du purgatoire.

L'histoire qui nous réunit aujourd'hui se déroule dans les cieux, là ou toute chose fut créée embellie par des étoiles bien plus scintillantes que dans notre monde, là ou où les astres fertilisent notre imagination.

Visualisant les planètes de si près qu'on pourrait presque les toucher du bout des doigts. Les jardins sont parsemés de nuages bien plus doux et chaleureux que du coton. Les fleurs semblent chantonner et s'unissent avec perfection dans le mélange de leurs couleurs, pour la plus grande majorité, pailletées.

Comme la rosée du matin, resplendissantes sous le lever de soleil d'une aurore boréale.

On y connaît la paix que l'on espère y trouver après notre passage sur terre. La vie après la mort ne serait-elle qu'une continuité...

voici la réponse à vos questions et l'histoire dramatique qui s'y est produite avant le commencement de toute chose.

CHAPITRE I

UN AMOUR NAISSANT

– Seigneur ! les hommes n'ont de cesse de livrer bataille et rage mutuelle, sans même se soucier de votre peine, envers leur manque de foi qui affecte votre bien-être. Rapporte un Ange messager
– Bien...Cela me désole !

Le tout puissant lissa sa barbe qu'il avait blanche, longue et soyeuse, réfléchit un long moment et prit sa décision :

– Alors envoyez une épidémie, cela devrait les obliger à prendre conscience que la vie peut être parfois injuste et de ce fait ils devraient s'en remettre aux prières, ensuite envoyez quelques Anges afin de les guider dans leur salut. Répond Dieu sur un ton autoritaire qui n'admettait pas de réplique.

– Il en sera fait selon vos désirs Seigneur.

Et le messager pris son envol, pour la mission lourde de conséquences envers les nombreux terriens en manque d'abnégation.

– A présent, où est passé mon fils ? Il faut que je le voie afin de lui parler d'une importante nouvelle le concernant.

- Monsieur est dans les Jardins d'Éden. Répond l'Archange Samaël.
- Envoyez quelqu'un le quérir sur le champ.

L'Archange salua Dieu, puis à son tour pris son envol.

Plus loin, dans les Jardins d'Éden, un petit ange de sexe masculin âgé d'environ neuf ans, aux cheveux noirs comme l'ébène, connu pour son regard particulièrement profond et ténébreux. Vêtu d'une chemise blanche et d'un pantalon noir flottant, il se promène sans but réel, pieds nus, regardant les fleurs et la nature embellir le paradis. Traînant les pieds, parfois chassant négligemment quelques cailloux sur son chemin.
Soudain, il s'arrête...
Aussi surpris qu'ébloui, par la beauté d'un autre Ange.
Elle avait les cheveux couleur or et ses yeux avaient une intense teinte émeraude.
Il ne pouvait s'empêcher de se demander quelle sensation il pourrait bien ressentir s'il y déposait un simple baiser sur ces lèvres à la fois pulpeuses et d'une étrange finesse.
Elle était vêtue d'une longue robe rouge pailletée qui lui cachait les pieds, ses épaules dégagées, laissaient apercevoir de splendides ailes qui allaient particulièrement bien avec les courbes de son corps. Avant même qu'il ne s'en rende compte, il se surprit à la regarder tendrement, en secret derrière un petit nuage.
La jeune fille admirait le jardin comme si elle l'avait elle même créé, elle s'amusait à caresser ces fleurs somptueuses, quand elle fut stoppée dans son euphorie par un léger bruit de feuilles que le pas légèrement maladroit du petit garçon avait produit.

- Qui est là ? Fit-elle en se retournant... Sortez je sais que vous êtes là !

Intimidé, le petit garçon sortit de derrière le nuage qui lui servait de paravent et se présenta poliment.

— Bonjour, veuillez m'excusez de vous avoir regardé secrètement ce n'était pas voulu mais votre visage me rappelle la douceur des aurores. Dit il d'une voix réservée et n'arrivant pas a tenir le regard son interlocutrice.

— Et bien, s'exclame la petite fille, s'il y a bien une chose dont je suis certaine, c'est que votre langage tout a fait remarquable ne peut provenir que d'une famille d'une grande noblesse, alors je pense que pour majorer votre énoncé vous pourriez par politesse vous présenter.

L'enfant reste stupéfié à son tour par la beauté de l'élocution de la jeune fille et après s'être gratté la tête il se présente laissant bouche bée la petite Ange.

— Oui, bien sûr, il est vrai que j'en oublie mes manières avec une telle confusion d'esprit, mon nom est Lucifer et toi si je puis me permettre comment te nommes tu ?

Interloquée par la présence de Lucifer et par sa position dans la hiérarchie des Anges, la fillette gardant son sang froid, sans en oublier les bonnes manières, énonça au garçon qui se tenait devant elle avec prestance :

— Je me prénomme Stella, dit-elle tout en se remettant de ses émotions. Mais... tu es le tout premier fils de Dieu, sa plus fière création, l'Ange que l'on dit être parfait.Tu es donc son fils unique !?

— C'est un peu ça et toi Stella tu as été conçue pour être la mère nourricière de la nature, celle qui a le don de la vie si je ne me trompe pas ? Dit-il, montrant qu'il connaissait aussi ses classiques.

– C'est exact alors maintenant que les présentations sont faites, nous pouvons enfin apprendre a mieux nous connaître, dit Stella en esquissant un sourire qui ne manqua pas de faire rougir Lucifer.

Les deux jeunes Anges passèrent un après midi inoubliable, se promenant près des rivières du temps. C'est ainsi qu'on appelle l'eau qui s'écoule depuis l'espace temps, qui se trouve entre notre monde et celui du paradis.

Ils en profitèrent pour jouer dans le labyrinthe des lucioles, puis ils finirent par s'asseoir pour se détendre dans l'herbe fraîchement coupée en échangeant quelques regards affectueux et passionnés qui les rapprochèrent pour un baiser qui ne purent échanger à cause d'un scintillement éblouissant dans le ciel qui grossi jusqu'à embraser tout l'horizon.

Un Ange de sexe féminin apparut dans le firmament brandissant une épée particulière, faite de lumière céleste. Ses cheveux mi long couleur blé lui donnaient une allure de déesse guerrière. Ses yeux aussi profond que des émeraudes faisaient se détourner les regards.

Dans un lourd battement d'ailes, elle s'interposa entre les deux enfants. Sur son épée on pouvait lire, gravé en énochien (la langue des anges) le nom de cette femme.

– Gabrielle?! S'exclament en chœur Stella et Lucifer.

Gabrielle lança un regard glacial à Lucifer et lui demanda de la suivre sans plus attendre. C'est alors que contre toute attente Stella interrompit l'Archange en lui posant doucement la main sur le bras pour attirer son attention.

– Que veux-tu Stella ? Demande Gabrielle

– Attend ! avant que tu ne te retires j'aimerai savoir ce qui t'amène ici grande sœur ?

Lucifer surpris par la question de son amie ne put s'empêcher d'en rajouter une autre à la sienne.

– Seriez vous donc sœur ?

Gabrielle agacée par toutes ces questions pousse un long soupir, puis se hâte d'y répondre, car sa mission semble être urgente et importante.

– Stella est effectivement ma petite sœur et Lucifer doit par ordre de son père venir le rejoindre afin qu'il l'informe d'une importante nouvelle.
– Et quelle est donc cette nouvelle ? Demande Stella
– Je n'en sait rien, je ne suis qu'un émissaire, maintenant si tu veux bien nous excuser petite sœur je l'emmène avec moi, dit-elle sur un ton qui n'admettait pas de réplique.

Gabrielle et Lucifer déployèrent alors leurs ailes et dans un fracas assourdissant s'envolèrent pour enfin disparaître brusquement dans le ciel.
De retour au siège de Dieu, Gabrielle se présente accompagnée de l'enfant.
Dieu qui demeurait assis sur son trône, se lève en les voyant afin de réprimander le jeune garçon pour son retard.

– Pourquoi a-t-il fallu tout ce temps à mon fils pour me rejoindre ? Dit-il sur un ton sévère en posant un regard interrogateur sur son fils.

Lucifer essaie tant bien que mal de s'expliquer mais en vain.

La colère de son père demeure malgré tout inchangée. Il finit par se rasseoir et se met à parler suffisamment haut et fort afin que tout les Anges puissent l'entendre et se rassembler autour de son fils et afin qu'ils en soient les témoins de cette importante nouvelle.

Une foule de plus en plus nombreuse se rassemble et très vite tous les Anges et Archanges du paradis se regroupent autour de Lucifer.

L'enfant stressé par le confinement de toutes ces personnes qui se pressent autour de lui et l'oppressent, commence à reculer inévitablement. Son père qui ne manque pas de remarquer son malaise le freine d'un signe de la main.

– Nul besoin d'essayer d'échapper a ton destin Lucifer.
– Je suis si surpris, père que je ne sais plus que penser, répond Lucifer angoissé.
– Peuple du Paradis, écoutez bien... j'annonce officiellement, que mon fils part dès maintenant dans le monde des humains pour une période de cinq ans dans le temps terrien, afin d'acquérir courage, maturité, force, grandeur d'âme, et augmenter ses facultés naturelles.

Cette nouvelles trop vite divulguée sans qu'il puisse s'y préparer, envahit l'enfant d'une prise de conscience.

S'il devait partir... alors cela voudrait dire qu'il ne reverrait plus le visage de cette douce enfant aux cheveux couleur d'or, ses yeux émeraude, l'oublieraient-ils ?

Sa peur de l'avenir l'obligea à trouver une réponse immédiate auprès de la sœur de Stella qui se trouvait non loin de lui.

– Dit moi Gabrielle, je veux ton entière sincérité sur ce que je vais te demander ! sollicite Lucifer paniqué.
– Bien sûr, dit moi se qui t'alarme autant et sans l'ombre

d'une affabulation je te répondrai

> — Crois tu qu'avec le temps qui s'écoulera, Stella m'oubliera.

Elle fronça légèrement les sourcils stupéfaite par la question du jeune Ange, mais répondit avec franchise et fit en sorte de le rassurer en déposant ses mains sur ses épaules et mettant un genou à terre de manière à être à sa hauteur.
Ce signe de noblesse venant de la part de l'archange rassura l'enfant avant même qu'elle ne se mette à parler.

> — Ne t'en fais pas pour elle, j'ai comme l'impression que Stella, tout comme l'Univers tout entier ne sont pas prêt d'oublier le nom de Lucifer,
> — Pourrais tu préciser ?
> — Peut être un autre jour, mais pour l'heure il est très important que tu saches que sur terre, le temps ne s'écoule pas comme ici et que tu vieilliras, ton corps se renforcera et tu grandiras bien plus rapidement qu'au paradis.

> Puis elle lui fit un sourire et l'enlaça généreusement dans ses bras en lui chuchotant à l'oreille, regarde derrière toi.

L'enfant se retourna et Stella apparut devant ses yeux étincelants.
Elle était là... le regardant avec tendresse et n'attendait que lui, pour des « au revoir » sincères et affectifs. Alors, d'un pas hésitant et décidé à la fois, il se rapprocha d'elle, doutant et redoutant...son cœur battait fort, soulevant sa petite poitrine, sachant que s'il ne lui disait pas au revoir maintenant, il mettrait sans doute longtemps ou peut être ne la reverrait elle jamais. Il avait peur qu'elle ne l'oublie et cette idée le terrifiait. De ce fait,

il la rejoignit... elle lui pris les deux mains et dans ses yeux on pouvait lire la peine que lui faisait cette séparation indiscutable.

> – Je vois que nos destins sont tout deux scellés, lui dit-elle en lui pressant les deux mains. Elle les posa sur ses joues, afin que Lucifer puisse sentir la chaleur de sa peau et les larmes qu'elle versait, couler le long de ses doigts. Il pouvait ressentir la douleur qu' éprouvait son jeune cœur.
> – Ils le sont, c'est vrai. J'ai tellement peur de l'avenir. Seras-tu là à mon retour ? Me reconnaîtras tu derrière ce nouveau moi ? Des larmes perlèrent à ses yeux et il posa un coté de son visage contre l'épaule de Stella.

Elle lui relève la tête et le regarde fixement afin qu'il sache a tout prix :

> – Cette épreuve te transformera c'est certain et moi il en sera de même. Car pendant que tu seras si loin de moi, tu seras toujours dans mon cœur. Je deviendrai la dame nature que tout le monde attend. J'ai aussi mon épreuve. Désormais, tous deux seront changés a jamais. Mais parmi tous les visages, tous les regards des hommes et des Anges, je verrais le tien à la moindre comparaison.

Les yeux de Lucifer qui n'avaient pas quitté la profondeur du regard hypnotique de Stella, se posèrent sur sa bouche délicate qu'il marqua d'un baiser pour sceller leur amour naissant et volé beaucoup trop tôt.
Le bruit assourdissant de la sonnerie d'une trompette leur rappela que leur destin venait d'être écrit à jamais car leur épreuve commençait.
Il laissa à regrets Stella les yeux pleins de larmes et d'un pas

très hésitant se dirigea vers le passage qui s'était ouvert dans un monde parallèle.

Il se retourna une dernière fois, jetant un ultime regard vers la foule des curieux qui étaient rassemblés pour le regarder partir et garder un souvenir de son aimé.

Dans un brouillard flou, il entrevit le monde qui allait être le sien pour les cinq ans à venir sachant pertinemment que quittant enfant le paradis, il reviendrait jeune homme.

CHAPITRE   II

L'EPREUVE

Le passage se referma et un homme vêtu d'une longue robe écrue tenue à la taille par une cordelette vulgairement tressée, d'une allure modeste, les cheveux long et brun, arborant une barbe généreuse plaça une main chaleureuse sur son épaule.

– Bienvenue à toi mon frère, mon nom est Jésus j'attendais ta venue avec la plus grande impatience.

Surpris d'être abordé dès son arrivée par une personne si gentil, au langage imagée, inconnue dans son entourage, Lucifer tout d'abord conquis se demande pourquoi Jésus se prétend être son frère, alors qu'il se sait fils unique...

– Je me nomme Lucifer et je suis le fils de Dieu, pourquoi te dis tu fils de Dieu toi aussi ?
– Tu comprendras plus tard Lucifer, les voies du seigneur sont impénétrables et chacun suit son destin.
Nous sommes tous ses enfants ! Suis moi, tu comprendras.

Et ainsi cheminant sur les chemins de Nazareth, leur complicité vint à naître.
C'est ainsi, qu'allant de village en village, suivi par une foule de plus en plus nombreuse de fidèles, que Jésus présentait à l'enfant, proclamant leur amour réciproque pour leur père.

Jésus prétendait qu'il était le fils de Dieu, qu'il avait été envoyé pour sauver le monde, qu'il fallait prier et louer le seigneur et plein d'autres mots très beaux que les villageois hommes femmes et enfants écoutaient en silence, tellement la voix de cet homme était douce et envoûtante, appelant tout le monde ses frères.

> — Envoyez des émissaires que nous appellerons apôtres dans le monde entier afin de prêcher la bonne parole mes frères, aimez vous les uns les autres comme Dieu vous aime.

Lucifer ne comprenait pas dans quel but son père l'avait envoyé ici !

L'enfant se surprenait parfois a prier le soir sur le toit d'une maison de terre et de paille, regardant une étoile briller dans le ciel en espérant que son père lui donne certaines réponses:

> — moi qui suis ton seul et unique enfant je ne parle jamais de toi !et pourtant je ne ressens pas le besoin de te vanter dans tes engagements ni dans ta parole ! Alors pourquoi cette homme bon , mais étrange qui ne t'a jamais vu, veut tellement que les gens t'aiment pour ce que tu n'as pas encore fait et peut être même ne fera jamais ? tellement de prières pour un homme qu'ils n'ont jamais rencontré, qui ne leur a jamais rien promis et qui les regarde le vénérer, afin que les espoirs les conduise sur des chemins qui se sont pas les leurs.

Soudain, tandis qu'il regarde une étoile briller dans le ciel Lucifer aperçut une lueur grandir.

> — Quelle est donc cette étrange lumière ?

Mais où avait il vu cette même lumière ? Ce n'était pas sur cette terre, cela il en était sûr... Mais oui, c'était dans les Jardins d'Éden, quand il avait fait la connaissance de Stella... Stella, où es tu ? Que fais tu ? Penses tu encore à moi depuis tout ce temps ?

Toutes ces questions qui restent sans réponse et qui me rongent.

Le petit Ange se laissa légèrement glisser en arrière, agrippant instinctivement le faîtage du toit de chaume. L'éclat de lumière l'aveugla à moitié et Lucifer se protégea les yeux avec une de ses aile qu'il avait fait apparaître, un peu trop tard... puis regardant d'un peu plus près, une silhouette se dissipa de plus en plus, laissant apparaître l'Archange qui s'approchait de lui a grand battement d'aile.

- Gabrielle ! oh père, merci de me l'avoir envoyée, dit le jeune homme en se mettant dans la posture d'un adepte un genou à terre, main droite contre la poitrine.
- Cela fait tout juste une année terrienne que tu es là et tu réfutes déjà les efforts que les hommes font envers ton père ! Lui dit l'Archange avec un sourire qui se voulait amical.

Gabrielle se mit à rire en dissimulant délicatement le coin de ses lèvres avec sa main, puis elle expliqua à Lucifer qu'elle avait été chargée de le contacter par ordre de son père, seulement une fois par an.

C'est alors qu'elle lui raconta les débuts particulièrement difficiles, des épreuves de sa sœur, tandis que Lucifer l'écoutait avec la plus grande attention.

Ses yeux reflétant l'émotion qu'il ressentait, se disant que Gabrielle avait apporté les réponses aux questions qu'il se posait, le cœur rempli d'espoir. Cela faisait si longtemps qu'il voulait se confier à quelqu'un qui comprendrait sa façon de penser. Mais quelque chose d'autre le dérangeait dans l'attitude et les propos de l'Archange. N'arrivant pas à trouver la raison précise de cette gêne inhabituelle, son sourire disparu alors soudainement, ce qui ne manqua pas d'attirer très rapidement l'attention de Gabrielle.

- Qui a t-il Lucifer ?j'ai l'impression que tu n'es plus avec moi
- Et bien je devrais peut être te retourner la question, la plupart du temps tu n'arrêtes pas de détourner ton regard quand tu me parles.
- Mais pas du tout que dis tu ?!
- L'intonation de ta voix vient de changer à l'instant même, dis moi les raisons exactes pour lesquelles tu es venue s'il te plaît.

Afin d'entreprendre de désorienter le jeune homme, Gabrielle s'efforce de changer de sujet pour ne pas se laisser déstabiliser, en reprenant son histoire très attrayante pour Lucifer, mais qui pour l'heure n'était plus d'actualité pour lui et essaie de se justifier tant bien que mal auprès du jeune garçon.

- Comme je te l'ai dit tout à l'heure, mon engagement se limite uniquement à faire en sorte qu'il ne t'arrive rien de fâcheux et te rendre visite...

Désintéressé par ce que vient de lui répondre Gabrielle, Lucifer met un terme à ses explications :

- Oui, oui une fois par an cela tu me l'as déjà dit, répond Lucifer avec agacement, mais ce qui me trouble, c'est d'entendre les palpitations répétitives dès que tu essaies de me dissimuler le pourquoi du comment, l'agitation de tes doigts à leurs extrémités, ta façon d'essayer de vouloir sans cesse changer de sujet quant aux questions que je te pose. Le temps qui passe entre tes réponses a augmenté, et cette façon de.....

- C'est bon, stop j'ai compris et je constate sans surprise que tu as compris. Je vais tout t'expliquer, dit Gabrielle acceptant enfin les faits pour lesquels elle était venue.
- C'est à cause de moi c'est ça ? Y a-t-il quelque chose que l'on puisse me reprocher ?
- C'est un peu ça, mais je pense que je ne pourrais rien te cacher, aussi je me dois d'être franche avec toi.
  Nous avons découvert pendant ta première année auprès des humains, l'extrême intelligence qui t'a animé jour après jour, et qui plus est, se fait ressentir dans ton entourage, pour un enfant de seulement dix ans, il faut que tu le saches ! dis elle inquiète.
- Il est vrai que j'ai remarqué certains changements en moi, mais je ne pense pas être unique dans ce cas.

La réponse du jeune garçon força Gabrielle a lui lancer un regard qui en disait long.

- Lucifer toi et moi savons très bien que ton intelligence surpassera l'humanité tout entière.
- Cela a t-il un rapport avec mes liens de parenté? Qu'en pense mon père ?
- Nous en avons déduit qu'effectivement cela devait provenir de Dieu. N'oublions pas que tu es sa création, son fils légitime, l'Ange sensé être en tout point parfait ! autant par la beauté que par son intelligence ! Mais voilà qu'apparemment tu surpasserais toutes ses attentes, et cela l'effraie quelques peu je pense... pour qu'il s'en soit confié à moi.

C'est derniers mots touchèrent l'enfant profondément. Lucifer remercia Gabrielle pour sa sincérité et prit son envol pour aller s'isoler et réfléchir au début de conspiration qui se formait peu à peu derrière son dos... à cause d'une chose dont il n'était pas fautif.

Le lendemain matin, exténué par cette longue nuit pleine de révélations fortes en émotions, il se réveilla dans une grange ou il découvrit auprès de lui Jésus qui semblait avoir veillé sur lui.

Étrangement cela lui donna un certain réconfort de savoir que cette homme qu'il ne connaissait qu'à partir de prophétie et de réputation, se donner corps et âme pour lui, afin qu'il garde l'esprit positif.

Jésus lui tendit une main affectueuse puis il lui dit :

– Viens avec moi sur la montagne qui domine la ville.

Les deux comparses partirent sur la montagne, et arrivé au sommet, Jésus ouvrit les deux bras et dit à Lucifer :

– Magnifique n'est ce pas ? de là nous pouvons voir les enfants jouer, le groupe de garde sortir de la taverne, chantant en chœur des chansons paillardes, la ville évoluer au rythme des saisons.

Lucifer plus réaliste dans sa vision, analyse les choses autrement.

– Pourquoi ne pas essayer de régner sur cette ville plutôt que de la regarder mourir de l'intérieur, mon père aurait très certainement conclu d'en prendre possession. Là où tu vois l'enfant jouer, moi je vois le vieil homme aveugle au coin de cette même rue qui tend la main. Les gardes dont tu as précisé chantant en chœur, se railler de lui en le laissant mourir de faim, impuissant face à son infirmité et ne pouvant rien faire pour se défendre.

La ville évoluer au rythme des saisons dis tu ? Te rends tu compte que c'est à ce même rythme que bientôt vous allez en perdre la liberté face aux envahisseurs qui vous ont soumis à leurs lois.
Alors cesse je te prie, de voir la beauté dans tout ce qui t'entoure et soit plus terre à terre.

Tandis que Lucifer essayer de faire comprendre à son ami que le monde pouvait être vu d'une façon différente dans son monde à lui, un groupe de gardes caché qui avait tout entendu et n'avait pas été repéré se rapprochait dangereusement d'eux.
Lucifer et jésus commencèrent à descendre la colline tout en débattant sur leur point de vue mutuel. Mais leur conversation s'interrompit face à l'extrémité de l'épée qu'un soldat brandissait dangereusement devant eux .
Craignant pour leur vie Jésus et Lucifer s'immobilisèrent.

> – Ne bougez plus ! Conspirateurs... je vous arrête, vous serez jugés et punis en conséquence.

Jésus essaya de comprendre la raison pour laquelle ils allaient être arrêté en le demandant au commandant des gardes.
Contre toute attente les yeux de Lucifer devinrent soudainement rouge comme la braise, et le soldat qui menaçait les deux comparses de son épée prit feu... instantanément ! et se consuma en quelques secondes.
Pris de peur le petit groupe de soldat se mit en formation d'attaque, mais Jésus qui était tout autant étonné par le nouveau visage que venait de lui montrer le jeune garçon, s'interposa entre Lucifer et les soldats, essayant tant bien que mal, de calmer les esprits de chacun.

> – Par tous les feux de l'enfer, quel est donc cette sorcellerie?! S'exclame le commandant de la troupe

complètement paniqué en dégainant légèrement son épée tout en s'avançant.

– Ce n'est rien! réplique intuitivement Jésus tout en montrant Lucifer, regardez ! ce n'est qu'un enfant apeuré.

– Il n'a rien d'un enfant! c'est le mal en personne!! un monstre...garde saisissez les !

– NON ! s'écrie Jésus tout se jetant devant l'enfant afin de le protéger.

L'enfant qui pendant tout ce temps semblait être ailleurs, voyant les gardes fou de rage courir à toute allure dans sa direction, s'éveilla brusquement de son absence et une énorme onde de choc imprégné de flamme se propulsa violemment de son corps. Ce qui, mis à part son garant, furent tous, sans la moindre exception... réduits en cendre et désintégrés par les rayons destructeurs et incontrôlés de l'enfant.

Alors que le silence se rétablit dans une atmosphère chaotique et sombre, Lucifer s'évanouit dans les bras de Jésus.

L'enfant se réveille épuisé, ne reconnaissant aucun des murs qui l'entourent. Une main douce et délicate se pose sur sa joue.

Il découvre le visage d'une femme au teint clair au visage ravissant et apaisant, qui lui apporte un soulagement intérieur profond. Sa voix agréable, allait parfaitement avec sa physionomie.

Il distingua la main de sa bienfaitrice, vêtue d'une robe de religieuse, éponger son front moite, avec une serviette humide.

Il se remémora soudain l'action effroyable qu'il avait faite, ce souvenir glacial parut l'anéantir. Il lui demanda depuis combien temps il était resté évanoui.

La jeune femme lui répondit que cela faisait plus d'une semaine que Jésus l'avait déposé chez elle, et qu'il était parti dans le désert, afin d'obtenir des réponses auprès de son père.

Très vite Lucifer reprit ses esprits, se leva en hâte et tout en prenant la chemise blanche déposée sur le haut d'une chaise tout près de la porte d'entrée, il prit son envol afin de rejoindre son compagnon.

Lucifer tout en s'habillant s'éleva très haut dans le ciel. Faisant un tri dans toutes les voix qui parvenaient jusqu'à lui, il reconnu la voix de Jésus qui appelait son père dans une supplique qui n'obtenait pas de réponse.

En une fraction de seconde, Lucifer repéra l'endroit d'où venait la voix et en moins de temps qu'il ne faut pour le dire, se posa dans un fracas assourdissant près de Jésus, stupéfait, ne lui connaissant pas encore ces nouveaux pouvoirs.

> – Lucifer, que fais tu là ? Toutes mes questions à Dieu sont restées sans réponse, le père ne veut pas me parler !

Lucifer sourit ironiquement à cette affirmation, regarda vers le ciel et dit simplement :

> – Père...

C'est alors que sous les yeux désabusés du prophète, le portail tri-dimensionnel s'ouvrit dans une déflagration assourdissante, laissant passer le père de Lucifer visible par son fils et seulement entendu par Jésus.

> – Je n'ai pas l'intention de punir mon fils, gronde la voix de Dieu, pour la simple raison qu'il n'était maître d'aucune situation, son état de conscience à l'heure actuelle, n'est pas encore assez assidu et seul le temps fera ce que j'attends de lui.
> – Gabrielle était elle au courant de l'état actuel de votre

fils, demande Jésus sous le regard abasourdi de Lucifer.

— Elle est mon bras droit, lui mon bras gauche et par conséquent, la moitié de Lucifer, répond t-il avec indifférence

— Dois-je en conclure que cela veut dire oui ?

Un silence de quelques pesantes secondes se fit sentir pour celui qui n'avait pas encore le privilège de le voir.

— Gabrielle à une connexion très individuel avec mon fils et s'il devait lui arriver quoi que ce soit, elle le saurait immédiatement.

— Pourtant Lucifer est bien votre seul et unique enfant, quel lien peut il y avoir pour qu'il ai cette connexion entre eux ? interroge une fois de plus Jésus.

— Tout être de lumière a été conçu de ma main, mis à part Lucifer qui lui, est né de ma chair.

Gabrielle, quant à elle, avait été conçue bien avant mon fils. Étant donné que je savais comment j'organiserai ma garde et mes conseillers personnel.

Créer bien plus tard, Gabrielle couplé avec mon fils était prévu dans mes projets.

La façon qu'avait Jésus de questionner son père tout en faisant intentionnellement abstraction de sa présence, commença sérieusement à l'exaspérer. Ce qui l'amena tout naturellement à s'interposer :

— Peux tu alors m'expliquer d'où proviennent ces pouvoirs destructeurs et avilissants dont je suis affublé ? Demande Lucifer à son père sur un ton agacé et écœuré.

Se tournant ensuite vers Jésus, il lui dit :

- Je suis là tout comme toi pour obtenir des réponses à mes questions, alors père pouvez vous me répondre ?

Mais alors qu'une lourde tension commence à se faire sentir, Dieu ouvre un portail parallèle et dédaignant répondre au jeune garçon, fuyant jusqu'à son regard, retourne au Paradis comme il était venu.

- Père comment as tu pu partir ainsi sans m'accorder la moindre réponse ? c'est impensable ! Dit Lucifer tombant à genoux sous le poid de sa détresse.

Ainsi les deux compères se retrouvent en tête à tête se posant toujours les mêmes questions demeurées sans réponses.
Beaucoup trop de réponses évasives répondues à coté de questions précises.
Le problème demeurait toujours présent : « qu'était il arrivé au jeune archange le jour où les gardes s'étaient attaqués à eux ? »
Lucifer se rapproche instantanément de Jésus dans un nuage de feu.
Avec effroi Jésus regarde Lucifer, perturbé par le nouveau pouvoir qu'il venait de développer.

- Comme tu peux le constater, il y a beaucoup de chose que j'assimile très rapidement et notamment ce complot derrière mon dos, fait également parti des choses que je ressens. Alors maintenant que mon père n'a pas voulu assumer sa part de responsabilité tu vas devoir la prendre pour lui et tu vas de suite me dire ce que je veux savoir ! Menace Lucifer en empoignant le haut du col de sa toge.
- Désolé mon frère, mais se n'est pas l'intimidation et la colère qui te guiderons vers ta sagesse intérieure et te ferons en apprendre plus sur toi même. Seul le temps te

donnera les réponses que tu attends.
Répond Jésus imperturbable.

Une émotion nouvelle envahit subitement Lucifer qui sentit des larmes de dépit, de colère et d'impuissance face à ce dilemme, couler le long de ses joues.
Lucifer se mit subitement à pleurer et une pluie chaude s'abattit sur le désert. Jésus reste sidéré devant un tel spectacle et dans un geste de compassion, sa main se posa sur son épaule gauche, leurs regards se croisèrent une dernière fois. Lucifer compris que son voyage ne se ferait qu'en lui. Il remercia celui qui avait été son guide, le laissa seul, face à son destin et s'envola pour de nouveaux horizons afin d'approfondir sa soif démesurée de connaissances.

CHAPITRE III

L'ANGE GARDIEN

Alors que les années s'écoulent lentement au rythme de la terre, Lucifer continue sa quête en solitaire.

C'est ainsi qu'il apprend que deux ans après avoir quitté Jésus, celui ci a été capturé et emprisonné par les romains à cause des accusations des rabbins de Jérusalem. Sa trop grande notoriété et le fait qu'il vante les mérites d'un Dieu unique disant qu'il était le messie et fils de Dieu envoyé par lui, dérange les notables de la ville. Malgré ses différents avec Jésus, Lucifer est inquiet pour lui et décide de son plein gré d'aller sur place voir ce qu'il en est. C'est ainsi qu'il découvre Jésus au milieu d'une foule hystérique et haineuse se faisant fouetter pour une peine qui n'avait pas lieu d'être.

Alors que les coups de fouet étaient intenses, Jésus aperçut Lucifer dans la masse de curieux. Lucifer lui fit un signe de reconnaissance pour savoir s'il voulait qu'il intervienne. Le supplicié refusa d'un signe de tête et accepta de subir son calvaire. Lucifer exaspéré, se retire en se demandant comment un homme peut accepter que son père puisse le laisser subir autant de violence sans intervenir. Après tout, c'est bien Dieu qui l'a envoyé afin de dire au monde qu'il existe !

Après plusieurs heures de diverses tortures subies par l'envoyé de Dieu, Lucifer suit la garde romaine hilare, traînant le corps de Jésus à moitié inconscient couvert de scarifications et laissant derrière lui une traînée de sang. Ils le jettent à terre dans une écurie et confectionnent une couronne d'épines qu'ils lui enfoncent dans la tête à grands coups de bâton, en riant et en se gaussant de lui, l'appelant « votre majesté ».

Horrifié par l'attitude de ces hommes envers un de ses semblables, Lucifer ne peut retenir son impassibilité, son corps fusa de l'intérieur et sentant une lourde pression l'envahir, ses yeux couleur braise fixèrent leur proies et à peine la pensée l'effleura que les tortionnaires de Jésus furent désintégrés, les carbonisant dans un brasier ardent. Lucifer se rend compte de la portée de son implication, puis rejoint celui qu'il croit à présent être le messie, envoyé par son père et qui en porte le poids de son importance.

> – Te voilà dans un bien triste état Jésus ! j'espère que cela en valait au moins la peine ! Dit Lucifer sur un ton ironique...

Levant alors les yeux vers lui, Jésus plein de compassion lui répond :

> – Tout cela sera dit dans les écritures qui affirmerons la véracité de l'existence d'un seul et unique Dieu, notre père et créateur.
> – Laissons nos rancœurs de côté, accroche toi à moi et je t'emmène loin de ces fous sanguinaires.
> – Non, laisse moi Lucifer, mon destin est déjà écrit !
> – Voyons, c'est de la folie ! Ces hommes veulent te voir en croix ! Ils te tueront pour leur plaisir bestial !
> – Je périrais en croix, mais par cette même croix, les hommes vénérerons notre père dans le futur et pour l'éternité.
> – Je constate que l'emprise de mon père sur toi est inébranlable, alors je me dois de partir vers d'autres quêtes moins absurdes.

Décontenancé, il disparut aux yeux des humains, mais décida de rester, afin de voir jusqu'où irait la folie et la cruauté des hommes.

Dans cette même journée Lucifer rejoint Jésus au mont Golgotha alors qu'il expire percé de toute part.

Déclenchant sa colère, il embrasa les cieux, fit trembler la terre et sous une pluie acide disparut pour poursuivre son destin.

CHAPITRE IV

LA FIN DE LA MISSION

Le temps passa et l'enfant devenu un beau jeune homme de quinze ans se retrouve dans la puissante ville de Rome.

Une bagarre éclate soudain entre entre deux soldats et un jeune garçon vêtu de guenilles qui mendiait, quémandant de la nourriture aux quelques rares passants.

Dans un nuage de feu, Lucifer s'interposa, d'un revers de main il propulsa contre un mur le premier soldat qu'il assomma, il cueillit le second d'un coup de poing sec à l'estomac qui le mit KO. Il s'approche ensuite du jeune garçon et le prenant par la main, s'enfuit en courant dans les profondeurs de la ville. Après avoir effectué plusieurs détours dans les rues plus malsaines les unes que mes autres, constatant qu'il n'y avait plus de danger, il s'arrête anormalement épuisé lâchant la main du garçon.

– Tout danger est écarté, Milo !
– Merci beaucoup Lucifer, si tu n'avais pas été là pour m'aider une fois de plus, ils m'auraient très certainement tué cette fois, affirme le petit enfant.
– Aucun problème Milo, je veille à jamais sur les habitants de cette ville et je serais toujours présent si l'un d'entre vous est en danger.
– Cela fait tant d'années que tu veilles sur nous, Lucifer, il n'y a pourtant rien qui te retienne ici, à part notre grande misère...

Lucifer posa sa main gauche sur l'épaule de Milo et après une courte réflexion, il lui dit :

–   Vois tu mon jeune ami, j'ai fait une promesse à mon père et quoiqu'il puisse arriver, je compte la tenir. Cette ville vouée à la perdition se prête parfaitement à mes souhaits.
–   Quelle est donc cette promesse Lucifer ?

Fermant alors les yeux, Lucifer se contenta d'esquisser un sourire, et le souvenir du doux visage de Stella qui l'attendait dans une autre dimension, le transporta malgré lui vers son père auprès duquel il attendait une approbation.

Il s'était promis d'être fort pour surmonter son épreuve : « connaître mieux les humains... » afin de le rapporter à son père. Mais à l'heure actuelle, que pouvait il raconter ? Qui allaient ils remercier pour leur misère ? Les souffrances qu'ils enduraient avaient ils un nom ?

Il le serre dans ses bras puis chacun se sépare prenant une route différente.

Le visage caché par un drap vieilli par le temps, Lucifer s'enfonce dans la pénombre des bidonvilles. Autour de lui rien d'autre que la misère et la pauvreté des enfants en malnutrition, agonisants contre des murs décomposes et délabrés par les années de guerre qu'ils ont supportés. Des chats et des chiens morts de faim dans cette atmosphère les personnes ne font même plus attention a ce qui se passe devant leur abri précaire. Donner un nom à leur refuge serait un blasphème, car rien ne pouvait supposer que cet endroit puisse leur servir de lieu de repos.

On ressent que la ville est entrain de pourrir de l'intérieur. Cela laisse un goût amer. Pour quelques privilégiés de Rome beaucoup doivent mourir.

« Elle chante la paisible mort, ensemble les enfants dansent le rituel de la vie qui nous conduit trop vite à la mort, la vie n'a pas su s'établir dans cette partie de la ville et pourtant c'est ici et nul part ailleurs qu'il a décidé de rester ».

A peine Lucifer est-il entré dans le quartier, qu'il retrouve très vite un groupe de nécessiteux luttant pour leur survie. Il distribue quelques morceaux de pain à chacun des malheureux qu'il était venu aider.

Dans une encoignure de mur, il aperçut une mère qui tenait son enfant dans ses bras, une petite fille qui agonisait, se tordant de douleur. Sa mère implorait Dieu de lui venir en aide

– Pitié seigneur, venez à mon aide et guérissez mon unique enfant

Voyant que rien ne se passait, Lucifer pose sa main contre le ventre de la petite fille et une chaleur agréable s'échappa de sa paume, rapidement l'enfant reprit des couleurs et son visage laissait lire le soulagement.

Le reste des hommes et femmes à qui il avait rendu service se jetèrent sur lui en l'acclamant et en le remerciant. Il baisaient ses pieds pour le miracle qu'il venait d'accomplir :

– « merci mon enfant tu es un Ange de Lumière, notre porteur de Lumière ! » s'exclame la mère de la petite fille.

Lucifer esquisse un sourire derrière son foulard puis le réajuste en continuant son chemin.

Quelques instant plus tard, il aperçoit la silhouette de Gabrielle, il pose sa main sur son front en sueur puis se secoue violemment la tête, vérifie encore, mais cette fois ci elle n'y était plus. Lucifer reprend sa route, mais des flashs d'images et une sensation étrange s'installent en lui. Constatant qu'il ne pouvait plus avancer, et qu'il était pris de malaise, il décide alors de s'asseoir contre un mur, caché dans une ruelle.

Les sons s'intensifièrent, et pris d'atroces douleurs, il agrippe ses cheveux, allant presque jusqu'à les arracher tant la douleur était intense. Hurlant de souffrance, l'iris de ses yeux commence à s'imprégner d'un rouge vif, soudain la terre se met a trembler autour de lui, les bruits continuent de s'amplifier et puis subitement tout s'arrête. Lucifer regarde aux alentours, beaucoup de structures s'étaient détruites, puis il baisse la tête en fermant les yeux et quand il la relève, regarde en face et trouve plantée devant lui, l'Archange Gabrielle.

- Alors ça fait mal, n'est ce pas ?! Fit remarquer l'archange
- Que m'arrive t-il ? Demande le garçon, c'est la première fois depuis des années que je n'ai pas réussi à contrôler mes pouvoirs.
- Tes pouvoirs ne sont pas fait pour perdurer dans le monde des humains, c'est d'ailleurs la raison de ma présence ici, ton père m'a envoyée pour te ramener auprès des nôtres, répond automatiquement Gabrielle
- Comment ça ? Tu veux dire que mon épreuve serait terminée ?
- C'est exactement ça. Désormais, il est temps de rentrer à la maison ! renchérit l'Archange avec un sourire de fierté.

Étonnement aucun signe de contentement transparaît à son visage.

- C'est beaucoup trop tôt, murmura Lucifer l'air anxieux

- Que dis tu ? Dit-elle, entendant ce qu'avait dit à voix basse Lucifer. Je pensais que ton seul souhait, était de rentrer auprès des tiens et par la même occasion, en aurais-tu même oublié jusqu'à Stella ?
- Comment peux tu dire ça Gabrielle ? Stella a été le seul être qui aurait pu me donner l'envie de rentrer.
- Y aurait il une autre raison pour laquelle tu aurais pu retarder ton retour ? Et dans quel but ?
- Enfin, regarde autour toi ! Écartant les bras dans un geste de désarrois.

Gabrielle coupa court à la discussion car tel n'était pas sa mission.

Elle avait comme instruction de ramener Lucifer à son père et c'est ce qu'elle allait faire.

L'archange ouvrit un portail dimensionnel et entra avec le garçon.

CHAPITRE V

LE RETOUR DU FILS PRODIGUE

De l'autre coté du portail, une foule d'Anges l'attendait impatiemment devant les marches du palais. Ils applaudirent son mérite et sa réussite pour toutes ces années passées au milieu des hommes. Cependant, aucun signe de contentement ne se lisait sur le visage fermé du jeune garçon.

En haut des marches, assis sur son trône, Dieu stoppa les acclamations d'un geste de la main qu'il voulait apaisant, afin de prendre la parole.

Une fois la foule calmée et le silence revenu, Dieu demande à son fils de faire son rapport, bien qu'il sache pertinemment et en détail ce qu'il s'était passé depuis que son fils était parti sur terre.

L'échange de leur regard ne fut pas complaisant. Une vive irritation se fit sentir du côté de Lucifer mais il ne laissa rien paraître, et c'est avec un visage triomphal qu'il s'adresse à la foule des Anges rassemblée. De façon à ne pas troubler les interlocuteurs, l'Archange raconte qu'il a pris part à des batailles qui lui ont appris beaucoup sur lui même et remercie encore son père et tous les Anges pour leur confiance et leur soutien.

Sur ces mots, Lucifer se retire dans ses quartiers afin d'avoir une discussion personnelle avec Dieu.

La pièce où il attend son père est très vaste. Les murs qui

l'entourent sont blancs et mesurent quatre mètres de haut environ, avec de fines frises en or qui les partagent par le milieu. Le sol est fait de nuages épais d'un blanc immaculé. Lucifer qui est pieds nus comme tout être de ce monde, en profite pour se laisser caresser la plante des pieds, sur un sol doux comme du coton.

Il sait que son épreuve est finie, mais retrouver cette sensation agréable après tout ce temps, lui fait savourer cet instant de paix et de délicatesse. Ainsi dans son allégresse le jeune homme repense à cet enfant qui était jadis parti et qui ne sera jamais revenu. L'homme qu'il a promis de devenir pour son père et l'Ange qui en est revenu sera t-il capable de comprendre les intentions de son père ? où le décevra t-il encore une fois ? Toutes ces questions le ramènent très vite à la réalité et alors qu'il admire le gigantisme de la porte de cette pièce, son père fit son apparition.

Lucifer déglutit, se racle la gorge, essaye de détendre ses doigts contractés par la nervosité, mais ce n'est qu'une fois que Dieu se trouve face à lui qu'il entame le dialogue.

Lucifer qui avait vu l'horreur et la misère sur la terre, avait bien l'intention d'en référer à son père, et lui demander pourquoi il n'intervenait jamais auprès des hommes, créatures de chair et d'os qu'il avait créés.

- Bonjour père ! cela faisait bien longtemps ?
- Effectivement le temps a fait de toi un jeune homme à la hauteur de mes attentes, dit Dieu sur un ton sceptique.

Ce qui ne manqua pas d'être perçu par Lucifer, qui sans le démontrer continua sur le sujet qui lui tenait bien plus à cœur.

- J'aurais aimé savoir à présent, quelles seront la suite de vos exigences père, demande le jeune homme.
- Tout dépendra de toi, suivant la suite des événements

passés en notre compagnie, et en fonction du comportement que tu adopteras.

Un an de plus à te cacher sur terre, ce n'est pas ce que j'appelle de l'obéissance et faire preuve de maturité.

Mais, si tout ce passe bien tu m'assisteras personnellement en tant que conseiller, et en plus d'être mon bras gauche tu auras l'opportunité, de mener tes propres troupes sur terre pour des missions que je te confierais.

– Me confier une armée ?! votre générosité me touche, père, mais pourquoi toujours punir les hommes par le sang ? quand il y a bien d'autres solutions plus pacifistes ! répond Lucifer qui ne pouvait se résigner à laisser son père dans l'ignorance. Il est vrai que je suis resté un an de plus à me terrer dans les bas fond de Rome sans votre accord, mais c'était dans le seul but d'en apprendre plus sur les humains. Je dois vous avouer qu'ils m'ont parru particulièrement attachants.

– Que veux tu dire par là ? Demande Dieu complètement perplexe et déstabilisé par la réplique de son fils.

– J'ai résidé dans le monde des humains pendant six ans. Six années durant lesquelles je me suis efforcé de me dire que les hommes étaient foncièrement mauvais.

Jusqu'au jour où j'ai commencé à regarder autour de moi et à m'apercevoir, que ce n'était qu'une infime partie de la population qui pourrissait la vie des autres. La plupart sont les riches et les favorisés de l'humanité. Ils se présument au dessus des lois, au dessus des Dieux, et s'autoproclament maître de leur terre. Ils ne respectent ni vos conditions, ni vos volontés.

Dieu soupira discrètement et expliqua à Lucifer, qu'il connaissait déjà la nature de ce problème. Mais que part choix, il laissait la vie sur terre continuer telle que, afin que les hommes puissent apprendre par eux même.

Abasourdi par cette révélation, l'archange recula de deux pas...après tout ce qu'il avait appris sur les hommes, depuis Jésus qui avait été abandonné et martyrisé à cause de sa passion envers son père, jusqu'à cette petite fille qui était entrain de mourir et sa mère implorer son père...laisser l'homme apprendre de lui même ! Est un piètre choix de mot, quand on peut intervenir face à la souffrance et la mort, exposé devant soi. Faut il être à ce point cruel pour ne pas réagir !

Mais Lucifer ne va pas chercher intentionnellement le conflit, car il sait que s'opposer à son père peut lui valoir de graves ennuis, il n'est pas assez fort pour lui tenir tête. Alors pour ne pas éveiller le moindre soupçon, le jeune homme approuve le point de vue de son père, sans lui demander une seule explication.

Sur ces dernières paroles, le jeune homme salue son père, puis il lui demande de prendre congé.

Cette conversation fut pour lui très instructive. Il partit se détendre dans les Jardins d'Éden, là où il avait laissé il y a bien longtemps, celle qui avait su délivrer son cœur des ténèbres de la solitude qui l'emprisonnaient.

Avec cette rencontre il espérait retrouver l'innocence qu'il savait avoir perdu. Son expérience dans le monde des humains avait tellement causé de changement en lui, qu'il en était tourmenté et n'arrivait pas à trouver la paix intérieure.

Alors que l'envie de revoir son idéal se faisait de plus en plus pressante, le poids de ce qu'il avait traversé, lui faisait courber l'échine et sa marche en devenait éprouvante.

Au fur et à mesure qu'il se rapprochait des Jardins d'Éden, une petite voix qu'il ne reconnaissait pas et qui pourtant lui semblait familière, sonnait agréablement à ses oreilles. Il se mit à suivre le son de cette voix qui se confondait avec le ruissellement d'une source d'eau pure, bordée de milliers de fleurs, toutes aussi belles les unes que les autres, se trouvant à proximité de lui.

Elles le conduisirent vers une jeune fille qui paraissait avoir le même age que lui. Il eut l'impression que le temps s'arrêtait autour de lui quand il vit ce visage qu'il n'avait pas pu oublier malgré le temps passé loin de lui. C'était inconcevable ! Il n'aurait jamais pu oublier ce visage angélique au teint clair et délicat, ces lèvres pulpeuses douces et attirantes qui donnent envie d'être embrassées. Oui ! Aucun doute ! Stella !Cela ne pouvait être qu'elle ! Même vue de dos.

Discrètement, il s'approcha d'elle. À présent il n'était plus qu'à quelques centimètres de la jeune fille. Alors qu'elle fredonne une douce mélodie, il pose avec légèreté sa main sur son épaule. Déconcertée par ce geste inattendu et familier, elle ressent comme un doux frisson agréable, qui la ramène à un souvenir qu'elle n'a jamais pu oublier. Elle se laisse prendre à son jeu et la sentant tressaillir, il prolonge son geste dans une douce caresse, le long de son bras jusqu'à sa main, qu'elle serre avec tendresse.

Elle se retourne émue et radieuse. Le temps avait pris son amour certes, mais elle n'était plus à présent disposée à le lui céder, elle voulait récupérer son dû. Elle ne voulait plus que le temps n'ait d'emprise sur son destin.

Alors, dans un élan voluptueux, elle mit ses bras autour de son cou. Lucifer enfin convaincu, sûr maintenant que de la jeune femme qui se trouvait face à lui était Stella, pose sa main sur sa joue et essuie une larme qu'elle avait laissée filer, puis l'embrasse sans plus attendre.

Le vent commence à se lever et forme un tourbillon de pétales de fleurs autour d'eux, leur énergie spirituelle semble déchaîner la nature, tant leur amour est en osmose. Dans l'expression des deux Anges, on devine facilement que le plus dur est passé. Le temps pour eux semble arrêté lorsqu'ils sont ensemble, leur physionomie se transforme dans une galaxie d'étoiles, découvrant chacun leur regard : rouge flamboyant pour Lucifer et d'un bleu cristal pour Stella. Lucifer et Stella s'aimaient tendrement, découvrant ensemble la force qu'ils peuvent développer lorsqu'ils sont réunis, mais pour l'heure, ce n'était pas leur préoccupation principale. Profitant de l'instant présent comme si c'était le dernier, ils passèrent la journée dans les bras l'un de l'autre, se racontant les durs moments passés loin de leur amour. C'est ainsi que Lucifer appris que Stella avait subi des épreuves aussi dures que les siennes, en même temps que lui, mais de l'autre côté de la terre.

Il passèrent le reste de la journée à se raconter les meilleurs moments de leurs épreuves loin l'un de l'autre. Stella n'arrivant toujours pas à réaliser que le beau jeune homme en face d'elle était Lucifer. Pourtant la journée continue de s'écouler, bien trop vite à leur goût. Ses larmes ne sèchent pas, son amour pour lui la poignarde à chaque fois qu'elle essaie de lui conter des combats où elle aurait aimé l'avoir à ses cotés. Lucifer la rassure systématiquement en essuyant ses larmes et en la couvrant de baisers tendres et langoureux. Ils étaient là, tous deux étendus lascivement sur l'herbe du jardin fleuri. Stella blottie dans les bras de son amoureux, lui fait promettre, les yeux dans les yeux, que jamais plus, il ne laissera quelqu'un les séparer. Lucifer eut un sourire en coin, l'embrasse puis le lui promet sans condition.

Le soleil depuis longtemps à éteint sa douce lumière, la journée se termine pour les deux amants . Il est temps maintenant de se dire « au revoir », mais leur cœur épris n'arrive pas à accepter cette séparation douloureuse. Les deux Anges aiment à penser que le cocon qu'ils ont forgé est indissociable. Dans la dure réalité de leur séparation, ils évitent de se regarder dans les yeux, afin de garder dans leur cœur la plus belle image qu'ils ont cette journée, dans un ultime baiser qui se veut éternel.

Peut-on aimer au point de vouloir en mourir, tellement cet amour vous consume de l'intérieur ? Désormais nos deux jeunes anges le savent. La nuit, source de repos porteuse de conseils et avant tout mère de solitude, guide Lucifer dans ses réflexions.

Les étoiles brillent au firmament, Lucifer tout à ses pensées, perçoit brusquement l'aura d'une personne qui l'épie, faisant appel à son désir. Lucifer ordonne à celle ci de se montrer et de se présenter devant lui. Une lumière surgit soudain dans l'obscurité d'un arbre et petit à petit il distingue la silhouette de Gabrielle.

– Que fais tu ici ?Demande Lucifer étonné de la voir ici
– Lucifer, je suis venue t'avertir, au risque de mon salut éternel, qu'une conspiration se ligue contre toi ! dit l'Archange Gabrielle montrant des signes de malaise.
– Une conspiration ? Mais laquelle et qui en est l'instigateur ? Dit-il incrédule.
– Pour l'heure, je suis en porte à faux, je ne puis t'en dire plus, mais sache que tu es en danger ainsi que ton entourage.

Lucifer fronce les sourcils inquiet de la révélation de l'Archange et se met à penser aux raisons pour lesquelles, on pouvait bien lui en vouloir, au point d'en attenter à sa vie et à celle de son entourage. Prise de panique, elle lui dit qu'il était grand temps qu'elle s'en aille, mais avant de partir, elle lui conseilla d'aller voir son cousin Belzébuth. Aussitôt ses indications données elle disparut. Décidément cette journée fut très forte en émotions se dit Lucifer en s'évaporant dans l'obscurité de la petite allée qu'il empruntait pour rentrer chez lui.

CHAPITRE VI

LA CONSPIRATION EMERGE

Le lendemain matin Lucifer s'empressa d'aller rejoindre son cousin.

Belzébuth est un adolescent du même âge que Lucifer. Ils avaient grandi ensemble, leur vie avaient été dissociée, le jour où son père avait entrepris de l'envoyer passer son épreuve dans le monde des humains. Tout deux se portaient une admiration sans précédant. Au fur et à mesure qu'il se dirige vers la résidence de son cousin, le jeune Ange se remémore les bons moments passés avec lui.

Une magnifique battisse à l'architecture grecque, à l'allée bordée de colonnes corinthiennes aux chapiteaux finement ciselé. En son centre, la fontaine déversait son eau limpide, depuis l'amphore qu'une sculpture, tenue par un couple qui se regardait amoureusement.

Méfiant quant aux paroles de Gabrielle, il arrive devant la résidence de son cousin. Il eut l'intuition qu'une aura négative avait imprégné le passage. Alors qu'il avance avec prudence, son cousin sortie de nulle part, l'air épouvanté, le pousse à l'extérieur de la maison, le jetant face contre terre. Un éclair zébra le ciel azur et une explosion gigantesque s'en suivit. Si puissante que le souffle, après avoir détruit la résidence de Belzébuth, envoie nos deux jeunes anges à plusieurs mètres de là. Ils retombent lourdement sur le sol, et dans la chute, Lucifer se démet l'épaule droite.

D'instinct, tout en se tenant l'épaule, il s'accroupit et scrute les environs afin de voir d'où venait le danger. Soudainement, une flèche **dorée** venue de nulle part lui transperça la poitrine et il tomba sur le sol. Allait il mourir là, à quelques pas du but qu'il s'était fixé, avertir et protéger ses proches du danger qui les menaçait. Pendant que cette culpabilité le tenaillait, il s'écroula et perdit connaissance. N'écoutant que son courage, Belzébuth, sous une pluie de flèches, attrape son cousin, le charge sur les épaules et se propulse dans les air à grands battements d'ailes. Il prend alors la direction du palais de son oncle et père de Lucifer, Dieu le tout puissant...poursuivi pendant quelques instants par ses assaillants, qui abandonnent vite la poursuite... sans « raisons valables » semblerait il !

Belzébuth allait avertir son oncle que son fils avait subit des blessures graves suite à un attentat surprise.

– A la garde ! S'écrit Belzébuth arrivé devant le palais de son oncle.

Une dizaine d'anges sortirent de toute part afin de voir qui était entrain de demander de l'aide. Découvrant Lucifer gravement blessé, ils firent quérir un linceul afin de le transporter auprès de son père. Belzébuth harassé d'avoir transporté son cousin et sous le choc d'avoir du tenir dans ses bras le membre de la famille qu'il respectait le plus, éclata en sanglots. Pendant que les sujets du palais s'éloignaient en emportant leur précieux fardeau, les images de leur enfance affluaient peu à peu. Il se souvenait du jour où Lucifer n'avait pas hésité à plonger du haut d'une cascade, afin de le sauver d'une noyade certaine, et ce jour où il l'avait protégé du courroux de son père quand il avait dérobé une flèche dorée dans la réserve personnelle de son oncle.

Ce jour là, Dieu était entré dans une colère dont il avait le secret et lui avait appris que c'était la seule flèche qui risquait de blesser Lucifer...

> — Oh, non ! Qu'ai je fait ! Tout parait clair, la flèche dorée qu'a reçu Lucifer dans la poitrine ! Elle vient d'ici ! Elle ne peut appartenir qu'à la garde personnelle de Dieu ! Mais pourquoi ? Pourquoi s'attaquer à son fils ?

Il fallait qu'il en ait le cœur net ! Reprenant ses état d'esprit, il s'enfonça dans le palais déterminé à aller jusqu'au fond des choses. À pas comptés, il se dirigea à l'intérieur du palais. Il était aux aguets, mais étrangement il n'entendait personne et les pièces semblaient désertes. Cette situation inhabituelle confirma ses craintes, aussi, il décida de rejoindre la salle du trône où il allait peut être y retrouver son cousin.
Postés devant l'immense couloir qui menait à la porte principale de la salle, une multitude de gardes protégeaient le passage. Prenant son courage à deux mains, il se décide tout de même de s'y hasarder. Mais les gardiens ne lui en donnèrent pas l'occasion car il fut stoppé par deux gardes qui croisèrent leur lances afin de lui barrer le passage.

> — Halte là ! s'exclame l'un des gardes
> — Je suis Belzébuth le cousin de Lucifer ! Il est blessé et dans un état critique ! Vous avez certainement dû le voir passer ! Dit il en montant le ton d'un cran.
> — Désolé jeune homme ! mais nous avons reçu l'ordre d'interdire à qui que ce soit de passer. Pas même les proches de la famille, rétorque le garde qui n'avait pas les yeux fixés vers lui
> — Laissez moi passer ! S'écrit l'adolescent qui avait complètement perdu son sang froid, tout en essayant de forcer le passage

Sa voix et ses hurlements raisonnaient à travers tout le palais.

Ses éclats de voix avaient suscités l'attention des archanges qui se trouvaient de l'autre côté de la pièce. Un homme se rapprocha d'eux, afin d'éclaircir tout ce remue ménage.

- Je suis Michel, un des sept archanges devant le siège de Dieu.
  J'aimerais savoir ce qu'il se passe ici ?
  Qui êtes vous pour troubler ainsi l'ordre établi dans la demeure du Tout Puissant ?
- Je me nomme Belzébuth, cousin de Lucifer et par là même, neveu de Dieu. C'est moi qui ai amené Lucifer gravement blessé.
  J'aurais voulu avoir de ses nouvelles...

L'archange n'ayant aucune information à concéder de la part de Dieu, son épée de lumière à la main, repousse avec violence les désidératas de Belzébuth et lui demande de s'en aller.
Le ton qu'avait pris Michel pour lui répondre, à lui, le cousin de Lucifer, neveu de Dieu, ne plut pas du tout à Belzébuth.
Il entreprit de vouloir forcer le passage, évitant de peu le coup d'épée que lui porta Michel et qui lui perça le côté de la chemise.
De suite après avoir esquivé l'attaque brutale de Michel, Belzébuth se saisit de la lance du garde sur sa gauche et en frappa du manche le garde à sa droite. Il mit ensuite ko d'un coup de coude celui de gauche qui approcha de trop près son visage.
Ses opposants immédiats étant hors d'état de nuire, Belzébuth se rend compte qu'il n'a plus le choix et qu'il n'est plus question de faire marche arrière. Il s'aperçoit qu'une horde de gardes lui barre le passage. Les gardes jettent leur lance afin de se saisir de leur épée, mais Belzébuth se déplace si rapidement, et voyant le coup venir, qu'il apparaît furtivement devant un garde, lui rengainant d'un coup de la paume de la main l'épée

qu 'il tentait de sortir et le frappa de son autre main.

Le reste de la garde sidéré par tant de fougue, et voyant la tournure que prenait le combat, décide alors, de venir en renfort, bloquant l'entrée principale de la salle.

- Alors, c'est comme ça ! Je ne voulais pas en arriver là, mais je vois que vous ne m'en laissez pas le choix ! S'exclame Belzébuth tout en dégainant son épée, laissant jaillir une lumière aveuglante.
- C'est toi qui ne nous laisse pas vraiment le choix, répond l'un des gardes.
- Tout ce que je demandais, c'est simplement de savoir comment va Lucifer !

Dans ces conditions,Belzébuth se rend compte qu'il lui sera impossible de franchir cette porte sans se battre.

D'un coup du plat de son épée, il assomme le garde qui se trouve à sa gauche, il pare le coup de l'ange à sa droite qui heurte violemment son arme et l'envoie brutalement contre l'une des colonne qu'il détruit en la percutant. Son combat était d'autant plus difficile que ses intentions n'étaient pas de nuire.

Lame contre lame il repousse un soldat, puis pare plusieurs de ses attaques déchaînées effleurant parfois même son visage.

Belzébuth évite un énième coup d'épée du soldat, puis lui assène un coup de poing qui le propulse hors de son chemin. Aussitôt après il court, toujours plus déterminé que jamais à vouloir franchir cette porte. Trois soldat se mirent en travers de sa lancée intrépide. C'est alors qu'il décide de s'élancer dans les airs en ouvrant ses ailes. Grâce à cela, il parvint à éviter d'une fraction de seconde le combat. C'est alors qu'il décide d'effectuer l'assaut aérien dont il a la parfaite maîtrise. S'élançant de toute la hauteur à une vitesse vertigineuse, il se saisit des têtes de deux des soldats et écrasa leur visage sur le sol ce qui eut pour effet de les mettre hors d'état de nuire.

Effectuant une roulade, finalisant son attaque en jetant son épée sur le dernier garde afin de le stopper. Elle alla se ficher malheureusement dans la jambe du dernier opposant mettant fin à contre cœur au combat.

Alors qu'il pensait en avoir terminé avec ses antagonistes, Belzébuth se rendit compte qu'une nouvelle offensive de six anges s'était formée devant la porte, tentant de le décourager. Cela le freina brusquement ne voulant pas précipiter ses décisions, il savait qu'il devait se dépêcher car Michel jusqu'alors impassible, en observateur, s'était lancé dans sa direction et d'ici quelques secondes il l'aurait rattrapé, et face à lui il n'aurait, il le savait, aucune chance.

- C'est une blague ! Il va en pousser combien ? Dit rageusement Belzébuth
- Tu n'as rien à faire ici, c'est ta dernière chance Belzébuth, soit tu décides de t'en aller de ta propre volonté, soit je viens moi même t'arracher la vie ! Dit Michel calmement, d'un air impassible.
- Michel, comme tu es naïf de penser que je suis capable d'abandonner mon cousin aux mains de ce tyran que vous servez avec tant de ferveur et d'abnégation, c'en est presque ridicule !
- Traître ! S'écrit l'Archange Michel au sommet de son indignation, si ce n'est pas ces gardes qui le font, je t'arracherai moi même la langue !
- Eh bien soit ! Nous verrons bien où nous mènera l'issue de ce combat ! Et si je dois périr par ta lame, ce sera avec fierté.

Il jette son dévolu sur l'ange qui se trouve à l'extrémité droite, serre de toute ses forces la moindre phalange de son poing, et se donne à corps perdu dans le coup décisif qu'il assène, fracassant sa victime contre le mur, le pulvérisant sous l'impact.

Très rapidement, il reprend le combat en cognant instantanément celui qui se trouvait sur sa gauche, puis fit volte face et d'un simple regard expulse le garde qui se trouve dans son dos. Pour finir, il tendit la main vers son épée, et l'arme qui s'était fichée dans la jambe du soldat qu'il avait récemment blessé, rejoignit son propriétaire en tournoyant dans les airs. Dans un mouvement souple et félin, il mit un genou à terre et tout en effectuant un demi tour sur lui même, il trancha l'abdomen des trois derniers soldats. Le combat prit fin et Belzébuth s'empressa d'ouvrir la porte avant que l'archange Michel qui s'était mis à sa poursuite ne le rattrape, puis il la referma brusquement.

Il réussi enfin a entrer dans la salle par le porte qui lui était pourtant interdite de franchir par le chef suprême. Son inquiétude était si grande qu'il pouvait en ressentir les palpitation douloureuses dans sa poitrine. Mais voilà, il y était et rien ne pourrait effacer les dégâts qu'il venait de causer. Alors s'il devait se faire tuer, autant que la mort vienne le frapper de face et non pas de dos comme un piètre martyr. Aussi finit-il par se résoudre à se retourner. Néanmoins la vision terrifiante qui se présentait devant ses yeux, lui glaça le sang.

Lucifer était là, gisant sur le sol, relié directement au trône de son père, enchaîné par la cheville gauche. Dieu ne manquait pas à l'appel, assis royalement sur son siège, indifférent à la situation actuelle. Les palpitations de Belzébuth reprirent de plus belle si bien qu'il mit un genoux à terre afin de reprendre son souffle. « Mais, que se passe-t-il ici ? », la représentation d'un chien errant et son maître serait insuffisante pour définir l'image que lui offrait Dieu. Son sentiment se portait plutôt sur un maître et son esclave.

Le sang bouillonnant, ses yeux commencèrent à virer au bleu vif. Alors qu'il était toujours entrain de reprendre son souffle, un genou à terre, il arracha un morceau du sol qu'il serra si fort qu'il le pulvérisa sous ses doigts. Prêt ou pas à y laisser la vie, il n'y a rien au monde qui ne le ferait changer d'avis. Jamais il ne pourrait se résoudre à laisser son cousin enchaîné et esclave de son propre père. Si toutes ces années d'amour envers lui devaient énumérer une dette ce serait aujourd'hui qu'il la paierait. Il fixe le tout puissant d'un regard intense contractant sa mâchoire prêt à tout anéantir sur son passage.

- J'ai finalement retrouvé ma botte n'est ce pas Belzébuth ! Dit Dieu, qui d'un geste venait de refroidir la répartie du jeune garçon et d'annuler ses intentions offensives.
- Te rends-tu compte que c'est ton fils, la botte dont tu fais référence ? Si tu prêtais une oreille parfois attentive, tu te rendrais compte que ton fils a toujours eu peur de toi ! Mais on ne sait pour quelle raison, il s'entête à espérer un signe de reconnaissance de ta part, mais nous savons tous les deux que cela n'arrivera jamais.

Pris d'une fureur soudaine, son corps lança des éclairs, le sol trembla et il frappa sur son accoudoir et dans un bruit de tonnerre s'écria :

- Jeune homme, dit il en s'appuyant d'une main sur son accoudoir et dirigeant de l'autre un index menaçant vers Belzébuth. Je te conseille de surveiller tes paroles et de baisser le ton, je ne laisserai personne me parler de la sorte. Pour ton bien, je t'invite à prendre la porte !
- Je la prendrai seigneur, mais pas avant de savoir, pourquoi vous avez mis votre propre enfant a vos pieds. Le monde ne vous suffisez-t-il pas ? Il vous fallait aussi votre fils c'est bien ça ? dit il sur un ton dégoûté et

sarcastique à la fois...

– Et bien je veux bien t'éclairer, mais ensuite il en suivra ton expulsion hors de mon palais. Les archanges te conduirons dans la vallée des maudits, avertit Dieu, tandis que Belzébuth s'armait de curiosité sur ses véritables intentions.

– De toutes façons, je ne crois pas avoir vraiment le choix. Alors avant de partir en exil, dit moi pourquoi tu t'acharnes autant sur Lucifer.

– Si j'ai choisi aujourd'hui d'attacher mon fils à mon trône c'est pour la simple raison que son intelligence et sa faculté à entrevoir les choses sont beaucoup plus développées que je ne l'avais moi même calculé. Son discernement et son pouvoir sont infinis. Plus sa colère augmente plus son énergie ne cesse de monter exponentiellement. C'est d'une part pour cela qu'il est trop dangereux pour les habitants du paradis de laisser Lucifer en liberté. Quand il est revenu de son épreuve il m'a interpellé en me contant sa façon de voir les humains et d'autre part c'est précisément là, que j'ai compris l'enjeu de l'univers tout entier si je n'intervenais pas de suite.

– Pourquoi ? parce qu'il aime tout autant que vous les hommes et qu'il a voulu vous le faire savoir en vous donnant son opinion ? Où bien est ce par jalousie de ne pas avoir le même quotient intellectuel ? Interroge Belzébuth fou de rage d'entendre de telles inepties.

– Il est vrai que son intelligence surpasse certainement la mienne, fini par avouer Dieu, de ce fait il lui sera favorable de bien vouloir nous le faire partager en effectuant certaines tâches qui lui seront restituées, mais bien évidemment sous ma surveillance et attaché à ces chaînes qui ont été créées essentiellement afin de bloquer son énergie spirituelle ! Maintenant que la discussion est close, j'ai de grands projets à mettre en pratique.

D'un large geste de la main, Dieu congédie Belzébuth et le confie à ses sept Archanges qui règnent devant le siège du tout puissant. Ils se saisissent de Belzébuth et s'élèvent dans le ciel afin de l'emmener dans la vallée des maudits.

Un ange ou un archange exilé dans la vallée des maudits perd tous ses pouvoirs instantanément, pouvoirs qu'il récupère automatiquement dès qu'il quitte la vallée. Mais cela arrive que très rarement, pour ainsi dire jamais de quitter la vallée, car lorsque Dieu exile un ange, c'est qu'il ne lui sert plus...à rien.

CHAPITRE VII

LA PROMESSE DE LUCIFER

Essayons d'imaginer un lieu dépourvu de lumière, lugubre et recouvert d'un épais brouillard lourd et oppressant.

Il y fait un froid glacial et la vision est restreinte. Il est impossible d'y discerner le moindre obstacle à moins de deux mètres.

Vous n'arriveriez certainement pas à visualiser avec exactitude, la totalité de cet endroit, malgré toute la volonté illusoire dont vous pourriez disposer.

La vallée des maudits est un lieu bien particulier, un endroit créé par la main de Dieu profondément sombre, comme l'est son créateur, quand il le désire.

Cet endroit est découpé en zone de plusieurs kilomètres de coté, faisant comme une prison particulière, occupée par les âmes errantes et bannies.

Plusieurs de ces zones sont à présent occupées par des âmes maudites depuis des siècles, oubliées du temps et de Dieu, attendant le bon vouloir du Tout Puissant, se demandant dans sa volonté il voudra bien les absoudre de leur péchés.

La plupart de ces zones hébergent de vieux arbres rabougris, noircis par le temps le manque de lumière et de ressources. Ce lieu est considéré juste après les enfers comme l'endroit le plus redouté de l'univers, et c'est justement là, que les gardes y déposent Belzébuth et repartent sans le moindre regard vers leur victime.

Un champ de force invisible et formidablement puissant, empêche quiconque d'y entrer et d'en sortir. Ainsi notre jeune adolescent se retrouve face à lui même dans un lieu dont il peut déjà en prévoir l'issue. Le nom de la vallée des maudits n'avait assurément pas échappé à son éducation. Ayant grandi dans une famille de noble, cette histoire se racontait comme un mythe, et voilà qu'aujourd'hui, on lui imposait d'y vivre en tant que prisonnier et se retrouver dans ce lieu damné le paralysait.

Pendant ce temps, dans le palais, Lucifer qui était jusqu'à lors inconscient, commence à émerger doucement en geignant douloureusement. S'étant pleinement réveillé, il constate avec fureur le fer qui enserrait sa cheville gauche. Il sentit brusquement un accoue sur sa chaîne ce qui l'entraîna légèrement vers le trône. En levant les yeux, il découvrit sans réelle surprise, la présence de son père assis sur son siège.

Devant l'air étonné de son fils, Dieu lui explique ses convictions à son propos et le contraint de travailler à son dessein.

Dieu partit du principe que l'intelligence de Lucifer devait être mis à profit pour le palais. Fou de rage, Lucifer tente de se révolter en affrontant son père, mais Dieu ne lui en laissa pas l'occasion en lui envoyant une décharge à travers les chaînes ce qui le remit à terre. Démuni par la série d'événements innombrables et malheureux qui s'abattaient sur lui, il décida de se plier à ses exigences.

Le jeune archange travailla sans compter. Les jours furent longs et fatigants, il essayait d'en tirer des leçons, mais rien n'y faisait. Ces moments de privation de sa propre liberté l'obligeaient à penser à sa bien aimée et à son cousin. Une fois de plus son père se mettait en travers de leur amour, il devait en tirer des enseignements, sa vie tant dramatique soit-elle.

C'est sur les ordres donnés par son père que Lucifer entrevit la possibilité de s'instruire indépendamment, de façon à développer ses capacités.

Le temps s'écoula et les années s'égrainèrent lentement. Neuf années passèrent, loin de Stella et de Belzébuth. Lucifer savait désormais, qu'il n'était probablement plus le même. Il avait aujourd'hui vingt quatre ans, c'était devenu un homme au caractère entier, plus froid que jamais, doté d'une redoutable clairvoyance. Il avait apporté les réponses aux questions que son père se posait et dont il cherchait l'issue depuis très longtemps et lui même avait eu le temps d'apprendre comment se libérer de ses chaînes. Lucifer éprouvait le sentiments d'avoir été utilisé comme un esclave. Tout ce temps enchaîné, lui avait donné l'opportunité de préparer son ultime revanche et pour cela il avait dû se prêter au jeu de son père et sacrifier à regrets un grand chapitre de sa vie. A présent, tout ce qu'il attendait, c'était que son père s'absente de son palais pour des affaires, ce qui n'arrivait jamais... mais ce jours là...

- Lucifer ton père s'est absenté pour la journée et te fait savoir qu'il veut les statistiques des guerres effectuées sur terre d'ici ce soir, annonce l'archange Michel.
- Très bien ! Il me faudrait les coordonnées que tu as pu relever lors de ta dernière descente.

Michel s'approche de Lucifer et lui tend plusieurs morceaux de parchemins. Convaincu que c'était la seule chance qu'il aurait pour s'évader, il saisit le poignet de l'archange, l'attira dans son champ d'action et en profita pour lui allonger une droite phénoménale,. Les autres archanges surpris par cette action inattendue et violente, se mirent à courir dans sa direction. Lucifer s'empara alors de l'épée de Michel et d'une frappe rapide, se débarrassa de ses fers et se rua impétueusement sur ses rivaux. Propulsé dans sa lancée, il saisit fermement de sa main gauche la gorge de l'ange Azazel, l'écrasa contre le sol et donna un coup de poing à côté de sa joue gauche si puissant que les autres archanges qui accouraient à sa rencontre, furent éjectés par une onde de choc si terrible, qu'elle aurait pu les pulvériser contre le mûr si le coup avait été direct. Azazel était à moitié mort dans le creux de sa main, il s'apprêtait à l'achever, quand une soudaine vision perturba l'esprit de Lucifer. Ses yeux virèrent au rouge et il se projeta dans un avenir proche où il était accompagné d'une armée d'anges devant le palais de Dieu. Très vite, il fut pris d'une grande tension et de sueurs froides incontrôlables. Quand il revint à lui, il posa un regard indécis vers Azazel puis se persuada que cette vision était apparu sûrement pour une très bonne raison. Très rapidement des questions essentielles altérèrent son jugement et il épargna l'ange qu'il tenait à sa merci. Aussitôt après, il se mit en route afin de retrouver Stella et son cousin. Il avait appris durant toute ses années de captivité, enchaîné au fauteuil de son père, l'exil de Belzébuth, dans la vallée des maudits. Rien ne lui laissait penser qu'il serait toujours en vie mais il allait s'en occuper plus tard. Avec l'aide de Stella, il garderait espoir.

Il alla au domicile de son aimé, mais elle n'était pas là. Il l'appela avec ses vœux, mais n'eut aucune réponse. Sa maison lui paraissait vide et une étrange odeur lui parvint. Inquiet il se décida d'appeler la sœur de Stella. Malgré ses doutes envers la fidélité de Gabrielle, il n'avait pas vraiment le choix s'il voulait tenir la promesse qu'il avait faite à son aimée « ne jamais laisser qui que se soit les séparer », il devait se soumettre à lui faire un temps soit peu confiance. Alors il la pria en déposant un genoux au sol et mettant sa main droite contre son cœur :

– Dans la lumière je t'appelle, dans la lumière je t'appelle vient à moi Gabrielle.

Le rituel habituel de Gabrielle annonça son arrivée, une fois la demande de Lucifer terminée.

- Tu peux me dire ce que tu fais ici, délivré de tes chaînes, s'étonne l'archange Gabrielle, attachée à ses convictions, en dégainant sa lame.
- Écoute ! On a pas le temps pour ces broutilles ! Ta sœur a disparu dis moi immédiatement où elle est ? Répond Lucifer fou furieux et incontrôlable.
- Comment ? Ça doit être ton père qui a du encore prévoir tes intentions.
- Que dis-tu ? Il avait prévu que je m'enfuirais du palais ?
- Cette histoire te dépasse bien plus que tu ne l'imagines. Dieu a un plan pour les hommes et pour cela, il a prévu de se servir de toi et crois moi sur ce point ce n'est que le début !
- Dis moi de suite où je peux trouver Stella ! Je n'ai pas le temps de m'arrêter sur ce genre de détails! Ordonne Lucifer fou de rage après avoir entendu ces propos venant de Gabrielle.
- Elle doit très certainement être dans la tour de Babel, au sommet de celle-ci, protégée par de puissants archanges.
- Qu'à cela ne tienne !Je vais de ce pas la sortir de là ! Et qu'ils essaient de m'en empêcher !
- Attend Lucifer, je dois t'avertir que si je devais te croiser avec la garde ou sous les ordres de ton père je n'aurais d'autre choix que de t'affronter et ce, sans la moindre pitié, réplique Gabrielle en laissant échapper une larme.
- Je sais, la console Lucifer en posant sa main sur sa joue humide.

Submergée par ses émotions, elle retire délicatement de sa joue la main de Lucifer, en prenant soin de la garder. Elle rapproche tendrement ses lèvres de celles du jeune homme qui ne se dérobe pas, et l'embrasse avec fougue. Ils cessent brusquement de s'embrasser, puis se regardent, les yeux pétillants et les joues rougies, autant de gêne que de honte d'avoir enfreins la confiance et l'amour que tous deux portaient à Stella. Chacun savait, qu'il devrait tôt ou tard s'affronter dans un combat sans merci, qui bouleverserait le sort de l'humanité.

Pourquoi venait t-il de faire cela ? Après tout, ses sentiments étaient voués à sa sœur depuis toujours. Cependant les circonstances présentes ont fait que les deux êtres s'étreignent. Ce baiser serait-il un signe que quelque chose de grave allait arriver ?

Émergeant brusquement de sa torpeur, Lucifer s'envola rageusement, à une vitesse vertigineuse, en direction de la tour de Babel, qui comme chacun sait, n'est autre qu'un édifice créé par les hommes juste après le déluge, dans la vallée de Shinar. Autrefois, les hommes parlaient la même langue, étant les rescapés de l'arche de Noé, la langue Adamique (d'Adam et Eve, les originels). Ils la bâtirent si haute, qu'elle atteignait les cieux. Dieu fut mécontent de constater que les hommes voulaient être l'égal de sa personne, interrompit la construction en brouillant leur langage. Les hommes qui étaient unis jusque là furent dispersés sur toute la surface de la terre. Cette tour fut construite avec des mûrs si épais, que Lucifer savait qu'il ne pourrait pas les détruire malgré sa phénoménale puissance. Il entrevit sa cible ce qui lui donna la volonté d'accélérer d'avantage.

Les deux gardes postés devant l'unique issue, aperçurent notre jeune ami, et projetèrent leur lance sur Lucifer afin de se saisir de leur épée. Lucifer qui était encore assez haut dans le ciel, les évita très facilement puis se catapulta sur les deux archanges. Pris de vitesse, Lucifer entraîna un d'entre eux dans sa course et l'envoya s'écraser contre la porte d'entrée qui ne céda pas sous la force du violent impact que venait de lui infliger Lucifer. Étonné, par la résistance de la porte, il reprend tout même le combat. Le dernier soldat profita du fait qu'il soit dans son dos pour essayer de lui porter un coup fatal dans dans les reins. Il échoua, car Lucifer qui avait prévu la réaction du garde et anticipé sa présence, se déplaça si vite, qu'il disparut dans une brume de feu, sous les yeux paniqué du dernier gardien. Il réapparut sur sa gauche, mais l'Archange fut pris de vitesse, ce qui donna à Lucifer, la chance de le projeter comme une vulgaire poupée de chiffon, d'un magnifique coup de poing en pleine face l'expulsant jusqu'au village voisin, détruisant sur son passage une multitude de maisons à chaque roulade.

À peine eu t-il le temps de finir ce premier combat, beaucoup trop déséquilibré pour lui, qu'une giboulée de flèches dorées, tirées du sommet de la tour, s'abattirent dans sa direction. Cette impression de déjà vu le mis en garde et instinctivement il analysa la situation. Sachant pertinemment que ces flèches étaient fatales pour lui, il calcula leur trajectoire et leur vitesse, trouva une ouverture et se lance dans un périple qui nous paraîtrait infaisable. Aucun obstacle ne pourrait l'arrêter dans son objectif prioritaire : « Stella ». Courant contre les mûrs de la tour à toute vitesse, il accomplit un parcours stratégiquement parfait et efficace ce qui l'amène à franchir le nuage offensif sans être blessé. Arrivé au sommet il se trouve face à une centaine de soldats. Cette fois, il faudrait qu'il utilise une autre méthode, car la force physique ne suffira pas à tous les éliminer.

- Je vous suggère raisonnablement de vous en aller ! Propose Lucifer aux Archanges, avec compassion, pour la suite des événements
- Nous sommes désolés tout autant que toi par cette situation, dit l'un d'entre eux, nous obéissons à des ordres bien précis.

- Comment pouvez vous obéir encore aux ordres d'un tyran, qui a soustrait un ange aussi pur que Stella, dans le simple but de m'atteindre pour arriver à ses fins.
- Nous n'avons pas le choix ! Telle est la volonté du créateur.
- Qu'il en soit ainsi ! Si votre destinée est d'obéir comme des moutons, vous finirez comme tels.

Il se met soudain à enchaîner des signes de main étranges.
Son rituel achevé il pose rapidement sa main droite sur le sol, faisant jaillir une main démoniaque entourée de flammes qui s'abattit sur le sol comme un volcan de feu, écrasant une trentaine d'anges qui n'avaient pas eu la moindre chance de l'éviter, laissant ses autres adversaires désorientés et incrédules. Sans leur donner le temps de réfléchir davantage, il déclencha les hostilités en prenant à partie une dizaine d'anges à la fois. Ses coups de poing d'une puissance inimaginable détruisirent la moitié du sommet de l'édifice. Ses coups résonnaient comme des coups de tonnerre, faisant trembler l'édifice jusque dans ses bases.

- Je vous avais prévenu, dit Lucifer, ma colère est sans limite et vous allez en payer le prix tant que vous ne me direz pas où est Stella.
- Que représente-t-elle pour toi ? pour que tu mettes tant de rage à vouloir la sauver et risquer de compromettre ta place auprès de ton père, dit un soldat dans un dernier râle
- Si ma place est être enchaîné au trône de mon père, je vous la laisse, et les liens qui nous unissent avec Stella sont beaucoup trop puissants pour que vous puissiez comprendre la détermination qui anime mes sentiments.
- Lucifer ! Comment peux-tu privilégier les sentiments d'une femme qui t'es pratiquement inconnue, à ceux de

ton père ?

– Cette femme comme tu le dis si bien est l'ange de ma délivrance. Elle a su m'apporter l'Amour et la compréhension que mon père ne m'a jamais donné.
Maintenant dis moi où elle est ? Dit avec fureur Lucifer.

Sur ses dernières paroles, il frappe violemment le garde, le prend par la gorge et le pulvérise contre le sol qui tremble et s'écroule, entraînant avec lui le reste des gardes qui restent piégés sous les décombres. Ceux qui n'avaient pas été ensevelis, paralysés par le spectacle horrible que le jeune homme avait offert, n'opposèrent qu'une mince résistance. Lucifer en profita pour les éliminer les uns après les autres.
Le haut de la tour étant complètement détruit, une cage d'escalier en colimaçon se dévoila, procurant une entrée de premier choix pour Lucifer.
Le jeune homme emprunta l'escalier qui s'offrait à lui, mais à peine descendit il quelques marches qu'une porte se dessina dans l'obscurité. Sans prendre la peine de s'arrêter, d'un revers de la main, il la balaya et une épée s'abattit sur lui. Ayant prévu l'attaque Lucifer se décale légèrement sur sa gauche puis s'empare de son épée et frappe de rage son assaillant en pleine poitrine, l'abandonnant à son triste sort pour continuer à entreprendre l'objectif qu'il s'était fixé. S'étant rapidement débarrassé de son adversaire, il fit face à son nouvel ennemi qui essaya de lui attraper la chemise. Lucifer le contra en empoignant ses mains puis le tira vers lui et d'un formidable coup de genou, l'allongea du premier coup. Il le soulagea ensuite de son épée, puis reprit sa descente périlleuse dans les escaliers.
Aussitôt après avoir dévalé deux étages et perdant de plus en plus patience, pour la simple raison qu'il ne savait pas où pouvait être Stella, il débusqua deux soldats qui s'étaient isolés derrière une porte de l'étage. Lucifer saisit l'un des soldat par la

gorge d'une seule main et se servit de lui pour assommer son camarade. L'ange que Lucifer tenait par la gorge, resta malgré tout conscient.

- Maintenant ça suffit ! L'opposition que vous avez faite a été complètement inutile, aussi si tu veux épargner ta vie, tu as tout intérêt de me dire où se trouve Stella ! Et libre à toi de courir vers mon père faire ton rapport.
- Très bien !... Très bien !... Elle est au rez de chaussée dans une cellule spécialement conçue à son intention.

Le jeune homme fut pris d'un tel soulagement qu'il relâcha le soldat, qui bien que gravement blessé, ne demanda pas son reste et partit.

Il arriva devant l'entrée d' un étroit couloir, au fond duquel, il y avait une porte, qu'une dizaine de soldats protégeaient. Analysant la situation rapidement, il refit des signes avec ses mains et une grosse boules de feu apparut, qu'il lança sur les gardes. Atteignant l'un d'entre eux, elle explosa en milliers de morceaux n'épargnant personne sur son passage.

Il y était enfin ! Il tenta d'ouvrir la porte mais rien à faire, alors il prit l'épée dérobée au garde qu'il avait assommé sur les marches, la brandit au dessus de lui puis pulvérisa la poignée. D'un grand coup d'épaule il défonça la porte et Lucifer se trouva enfin face a celle dont on l'avait privé depuis tant d'années. Il avait tenu sa promesse mais il n'était pourtant pas satisfait, car elle était malheureuse, faible et abattue. C'est a peine si elle comprit que Lucifer était venu pour la sauver. Fou de rage de voir Stella dans un tel état, il la porte dans ses bras, ce qui cumule leur pouvoir et donne à Lucifer la puissance de la passion. Alors il s'avance afin de donner un foudroyant coup de pied au mur de la prison qu'il pulvérise, dessinant un passage suffisamment grand pour qu'ils puissent s'enfuir. Lucifer s'élança puis pris son envol accompagné de Stella.

CHAPITRE VIII

LA VALLEE DES MAUDITS

Alors que Lucifer la transporte dans ses bras vigoureux, la jolie jeune fille commence à ouvrir les yeux à demi, laissant apparaître le vert intimidant de son regard. Une onde de plaisir et de bonheur traversa son corps de femme, quand elle découvrit avec étonnement le visage fermé et tendu, de celui qui était depuis toujours, l'être qui habitait ses pensées amoureuses et qui le resterait pour l'éternité. Lucifer ne remarqua pas que Stella s'était réveillée. Elle décida de lui faire savoir, en caressant doucement et délicatement du bout de ses doigts le visage de son sauveur. Lucifer était si concentré, qu'il lui fallut un certain temps pour ressentir la douceur de son geste, mélangé d'une extrême noblesse, avec une intense dose d'amour qui provoqua en lui un petit moment d'absence. Finalement, reprenant soudain conscience, il se tourna vers elle et constata avec soulagement que la belle ange lui souriait et ne cessait de le fixer, avec des yeux langoureux.

- Ce visage que je touche... ? Ce pourrait-il être celui de l'ange aimé qui m'a été soustrait il y a neuf ans ?
- Moi aussi Stella, j'ai peine à croire que tu sois devant moi après toutes ces années. Je suis désolé de ne pas avoir tenu la promesse que je t'avais faite il y a neuf

ans.

– Mais tu l'as tenue mon bien-aimé, car aujourd'hui tu me
donnes une fois de plus, le privilège de me plonger dans
ton regard. Le rassura, la jeune fille.

Ce regard qui m'a l'air toujours un peu plus triste à
chaque fois.

Alors, maintenant, je vais profiter de ces brefs instants,
comme si c'étaient les derniers, car la vie nous a
démontrée qu'elle n'avait aucun scrupule à s'approprier
notre temps, qui est pour nous éternel, tout comme l'est
notre Amour. Si tu savais comme j'ai peur de te perdre...
Je n'y survivrais pas cette fois-ci.

– Ne t'en fait pas Stella, je suis avec toi aujourd'hui et
personne ne pourra plus nous séparer. J'en fais le
serment! Et que seule la mort sera notre dernière issue.

– J'en suis pleinement consciente. Mais as-tu un plan afin
de déjouer ceux de ton père ? Dit Stella très inquiète
pour la suite des événements.

– Si j'ai sacrifié toutes ces années qui nous revenaient de
droit, enchaîné au trône de mon père, ce n'est pas en
vain.

J'ai en effet récolté un maximum d'informations sur ses
intentions et plus particulièrement à notre égard.

D'après ce que j'ai compris, mon père tient absolument
à ce que nous soyons séparés l'un de l'autre, car une fois
réunis, mon potentiel de combat serait illimité.

La jeune fille resta consternée, en entendant ces révélations,
mais continua tout de même à questionner le jeune homme :

– Doit-on s'attendre à voir des troupes arriver ? Demande-
t-elle un peu tendue.

– Oui, et plus le temps s'écoule plus je commence à me
demander si mon père a prévu toutes mes futures

actions ! c'est pourquoi je vais devoir me surpasser et prévoir une contre attaque des plus imprévisible.

– Et pour Gabrielle ?

– Et bien je pense que si elle ne se décide pas à rejoindre notre cause, il faudra malheureusement tôt ou tard nous affronter.

– Quoique tu choisisses de faire, j'approuverais tes décisions et je te suivrais jusqu'en enfer s'il le faut, concéda Stella.

Elle hocha la tête puis se serra un peu plus contre le torse de Lucifer, qui continua de voler dans une direction encore inconnue de la jeune fille.

– Pourrais tu me dire où nous allons ? Interrogea Stella.

– Pendant ma période de captivité, j'ai pu apprendre que mon cousin Belzébuth, avait été exilé dans la vallée des maudits. C'est précisément à cet endroit que nous allons.

– Ne faut il pas traverser un champs de force pour y entrer ? Demande-elle un peu inquiète.

– N'aies aucune crainte Stella ! Aies confiance quand je te dis que ce champ de force n'a aucune importance.

Suite à sa réponse, elle mordilla l'extrémité de son pouce par nervosité.

Parvenu à destination, Lucifer se positionna à une centaine de mètres et demanda à sa compagne de se reculer un peu. La jeune fille s'exécuta immédiatement et un grand silence s'installa dans l'atmosphère, guidé par un léger vent. Tout à coup Lucifer élève ses deux bras, en dirigeant la paume de ses mains vers le haut. Une grosse vapeur suivie d'une spirale de feu commença à se former au dessus de ses mains. Son aura était si puissante, qu'on pouvait apercevoir des gravats s'arracher de terre et rester en suspension au dessus du sol. Bientôt la spirale qui grossissait à vue d'œil, atteignit un tel volume, qu'elle forma une gigantesque boule de feu d'environ trois mètres de diamètre. Stella qui restait immobile en spectatrice, était impressionnée par ce qu'elle voyait. Ses yeux était grand ouvert et restaient écarquillés, croyant à peine à ce qu'elle voyait.

Dans un élan de rage soudaine, Lucifer lança son énorme boule de feu contre le champ de force qu'avait créé son père et qui empêchait quiconque de pénétrer ou de sortir de la vallée.
Au contact de la barrière, la boule de feu déclencha une tempête de vents qui fusèrent de toutes parts. Le combat ne faisait que commencer. Des brumes enflammées s'échappaient au fur et à mesure qu'elles se rencontraient.
Stella, surprise par la puissance de cette attaque, dût s'agripper au torse de Lucifer, pour ne pas être repoussée en arrière. Son champion, tel un roc, ne bougeait pas d'un pouce.
Sentant que le combat allait durer plus longtemps que prévu, Lucifer tendit son bras droit, fit un geste précis de ses doigts, fixant résolument sa cible. Ses yeux devinrent rouge braise pendant un court instant et une phénoménale énergie se dégagea de lui afin de porter main forte à la boule de feu, qui traversa le champ de force comme s'il n'avait jamais existé. Passé cet obstacle, la boule se désintégra instantanément.
Nos deux anges reprirent aussitôt leur route, pénétrant dans la vallée des maudits. Ce n'est qu'une fois à l'intérieur, qu'ils se rendirent compte du calvaire qu'avait dû vivre Belzébuth pendant toutes ces années. La zone était envahie d'esprits malfaisants.

Ne se sentant pas rassurée, Stella se réfugia derrière Lucifer, frémissante de peur. La brume était si épaisse qu'ils avançaient pas à pas, pratiquement à l'aveuglette... Les hurlements incessants ne rassuraient aucun d'eux. C'est alors que Stella suggéra à Lucifer de créer une flamme, afin de faire un halo de lumière, ce qui faciliterait leur marche. Lucifer fit une grimace pour ne pas y avoir pensé plus tôt, arracha sur son passage une branche à un arbre rabougri et l'enflamma d'un claquement de doigt.

Après un périple qui parut durer des heures, au vu des obstacles que semblaient rencontrer les deux anges, ils arrivèrent à une maison perdue dans la brume, qui semblait leur tendre les bras, tant ils étaient fourbus par leur pénible marche. Ils y entrèrent afin de s'y reposer. Un simple coup d'œil leur suffit pour s'apercevoir que leur demeure semblait dater de l'époque où Dieu avait créé les premiers anges. Elle était construite en bois ainsi que les meubles qui étaient faits manuellement et de manière rustique, probablement avec les moyens de l'époque.

Il n'existe pas de poussière au paradis, mais en y regardant de plus près, on peut s'apercevoir qu'il y règne un tel désordre que cela pourrait y prêter à confusion.

Les deux anges se mettent en quête de visiter la maison afin de s'assurer qu'elle est inhabitée. Un coup d'œil dans la cuisine, le salon puis les chambres les rassure. Soudain les deux anges se regardent en esquissant un sourire complice. Stella s'approche de Lucifer les deux mains posées contre sa poitrine. Elle sent que son cœur bat d'une telle intensité pour son amour perdu depuis tant d'années, qu'aujourd'hui elle réalise qu'ils ne sont plus des enfants. La tentation de vouloir s'unir l'un à l'autre est d'autant plus grande qu'elle n'avait pas eue lieu, la dernière fois qu'ils s'étaient rencontrés. Ainsi le temps avait fait le reste et les désirs des deux êtres se transforment en pulsions longtemps désirées.

Lucifer regarde à son tour Stella qui se tient à présent devant lui. Il caresse de sa main, avec douceur, les lèvres pulpeuses de la jeune fille, et positionne son autre main derrière son dos afin de la dévêtir avec sensualité. Alors qu'elle embrasse Lucifer, Stella profite de cet instant pour lui ôter sa chemise. Elle se laisse ensuite aller dans un élan d'érotisme où les deux anges s'engagent à unir leurs corps sur le lit de la chambre. Pendant leur union, l'atmosphère est en ébullition, une énergie intense se fait ressentir à chaque moment déterminant de leur accouplement. Cette force divine, ils l'ont déjà ressentie, mais aujourd'hui est un jour bien différent car ils évoluent dans une autre dimension, et n'y prêtent que peu d'attention. Les heures passent et les deux amants finissent par conclure cette union puis s'endorment paisiblement dans les bras l'un de l'autre.

L'aube nouvelle, annonce pour eux un grand changement. Alors qu'ils ouvrent les yeux, les deux êtres célestes semblent se découvrir pour la première fois. Posant sa main sur le visage de Stella, Lucifer lui sourit tendrement.

- Bonjour Stella, comment te sens tu ?
- J'attendais ce moment depuis tellement d'années ! lui dit elle avec amour.
- Je suis tellement désolé de t'avoir délaissé aussi longtemps. Une blessure s'est créée dans mon cœur et je sais que jamais il ne se rétablira. J'ai malheureusement peur, que tu ne retrouves jamais l'être que tu as jadis aimé.
- Rien n'a changé en moi, je t'ai aimé dès le premier instant où nos regards se sont croisés, je sais que tu as changé, mais rien ne saurait apaiser mon cœur, à part toi. Je t'aime Lucifer et cela personne ne pourra m'en empêcher.
- Moi aussi je t'aime ! Ce qui m'effraie, c'est que mon père puisse s'en prendre une fois de plus à toi afin de m'atteindre. Cela je ne le supporterais plus. Il y a quelques chose de terriblement sombre en moi, qui se révèle à chaque fois que je suis en colère, je ne sais

comment la contrôler, mais je suis certain qu'avec le temps cela risque d'être dangereux pour toi.

– Je suis consciente de cette réalité depuis la toute première fois ou je t'ai vu Lucifer. Quoi qu'il en soit je suis prête à en subir les conséquences.

Le moment est venu à présent de reprendre la route à la recherche de leur ami.

Un dernier baiser et plus que jamais déterminés, ils s'habillent et se remettent en route après un dernier regard vers la maison qui avait vu naître leur tendre union.

L'heure est maintenant venue de reprendre ses esprits, passé le temps des regrets ! Le temps presse ! Dieu a peut-être prévu le plan de Lucifer et a probablement un coup d'avance ! Ils cheminent main dans la main en gardant leur objectif en tête et se hasardent dans la dangereuse vallée des maudits, en espérant y retrouver rapidement Belzébuth. Le déplacement se fait en silence, respectant une cadence de sécurité. Pendant leur périple, Stella trébuche dans un ruisseau à cause du manque de visibilité, puis elle accroche sa robe à des branchages en voulant se relever. Malheureusement elle se retrouve contrainte de l'arracher pour ne pas perdre de temps.

Le fait de marcher dans de telles circonstances depuis plus de trois heures pousse les deux anges à vouloir perdre tout espoir de réussir leur mission. Le temps passe et rien à part une multitude d'obstacles qui les ralentissent. Mais alors que tout leur semblait perdu d'avance, ils entrevirent un rayon de lumière entre les branches qui se tenaient devant eux. Ils sentirent une odeur de feu de bois, ce qui donna enfin un peu d'espoir à Stella et Lucifer. Le jeune homme qui avait ses sens très aiguisés, dit à sa compagne qu'il venait d'entendre la voix de son cousin qui l'appelait au loin. Les deux anges accélérèrent leur marche avec soulagement, prenant la direction qu'indiquait Lucifer au son de la voix. A peine eurent-ils traversés le dernier feuillage de la sombre forêt, qu'ils s'émerveillèrent en s'apercevant que derrière toute cette pénombre, il y avait ce petit coin de plaine joyeusement éclairé par un feu de camp. Une douzaine d'exilés y étaient rassemblés autour, et parmi eux, Belzébuth attendait sans grande surprise Stella et son cousin Lucifer. Quand ils arrivèrent à leur hauteur, ils sentirent bizarrement une certaine tension. Dans cette perspective, Lucifer conseilla à Stella de ne pas s'approcher d'eux. Belzébuth lui même, avait l'air d'être agacé par l'arrivée de ses amis.

- Que se passe-t-il ici ? Demande Lucifer agacé par cette accueil peu chaleureux.
- Il y a cette question que je ne cesse de me poser mon chère cousin, réplique Belzébuth sur un ton mélodramatique, et suivant la réponse que tu me donneras, dépendra la suite que je donnerais à nos relations.
- Soit ! pose moi donc cette fameuse question.
- Il y a neuf ans déjà je me suis battu pour toi afin de te libérer, sans résultat et je me suis donné corps et âme, pour me retrouver ici. Comme tu as pu le constater toi même. Alors ma question la voici : « comment se fait il qu'au bout de tout ce temps tu ais enfin choisi de te libérer afin de venir me chercher ? »
- Il avait cette peur qui me rongeait depuis l'enfance et tu m'as toujours soutenu dans les moments les plus sombres de ma vie et c'est pour cette raison, que le jour où je me suis réveillé enchaîné, à coté de mon père, tel une bête, moi, son unique fils, le prince des anges... Lucifer ! me retrouver à même le sol, nourrit comme un chien, j'ai décidé de réunir pour nous tous, le maximum d'informations afin de préparer une offensive

suffisamment puissante, pour affronter l'élite de mon père et le détrôner à tout jamais, répond Lucifer la rage au ventre.

Un silence pesant s'abattit sur le camps, puis Belzébuth esquissa un sourire en coin qui fit tomber toutes les tensions que ses compagnons avaient à leur égard.
Belzébuth se leva et d'un air désabusé, s'adressa à Lucifer, son cousin et ami de toujours, sur un ton amical et soulagé de ne pas avoir été trahi.

- Je savais bien que je n'avais pas sacrifié ma liberté pour rien ! dit Belzébuth à Lucifer en riant aux éclats et en le prenant dans ses bras.
- Ne t'en fais surtout pas mon cousin, mon père paiera pour toutes ses injustices ! Promet Lucifer
- Tu as toute ma confiance, mais en attendant le début des hostilités, peux tu me présenter la jolie jeune femme qui te tient compagnie.
- Stella, ange de la nature et sœur de Gabrielle.
- Tient donc ! Dame nature est la sœur de l'archange la plus puissante ! juste après Lucifer... rien que ça, répond Belzébuth.
- Et à qui ai je l'honneur de rendre mes salutations, demande Stella ?
- Et bien ! comme tu as pu t'en rendre compte je suis Belzébuth, cousin de Lucifer, dit-il en se courbant légèrement afin d'embrasser la main de l'ange, et il y a mes fidèles compagnons d'infortune, Arakiel qui a enseigné jadis aux hommes les signes de la terre, Daniel qui a enseigné les signes du soleil, Azazel qui a enseigné comment faire des armes et des boucliers, Shamsiel qui enseigna les chansons du soleil, puis Turiel, Baraqiel, Remiel, Sariel, Zaqiel, Bezaliel,

Armaros qui enseigne la résolution des enchantements et pour finir Samyaza.

- Dois je en conclure que vous avez tous une raison de détester mon père, demande Lucifer !
- Tu n'as qu'à regarder autour de toi, intervient l'ange Azazel, crois tu vraiment qu'enfermer des anges dans cet endroit oublié de Dieu, ne soit pas une raison nécessaire pour créer la haine dans nos esprits ! nous sommes des victimes de Dieu et pourtant nous n'avons pas le souvenir de l'avoir offensé d'une quelconque manière que ce soit !
- Tu n'as pas à te justifier à mes yeux, j'ai moi même fait les frais de ses complots et je ne comprend toujours pas les raisons qui l'ont poussées à se retourner contre moi! rassure Lucifer.

Les deux hommes se regardent droit dans les yeux puis se sourient en signe de paix.

La soirée apporte à nos treize exilé la joie d'avoir deux anges qui à coup sûr sauront les sortir de là, mais avant toute chose ils mirent au point une stratégie car entrée dans la vallée des maudits était aisé, mais en sortir allait être une autre affaire.

Lucifer proposa à Stella et à Belzébuth de se positionner avec lui devant l'ouverture qu'il avait faite et d'ouvrir les hostilités quand ils sortiront de cette endroit.

Si Lucifer avait vu juste, il était certain que son père avait prévu qu'il irait chercher son cousin afin de le recruter ainsi que les autres exilés.

Les trois anges se mettent d'accord. Lucifer donne ensuite des ordres et des emplacements précis au douze autres anges qui étaient à présent prêts à donner leur vie pour la cause de Lucifer.

Une fois le plan d'attaque mis au point et compris par chacun d'eux, ils s'éparpillent dans la vallée afin d'aller chercher comme l'avait suggéré Lucifer, les millions d'anges exilés par son père dans cet endroit maudit et prêts à rejoindre leur cause.

Une fois rassemblés, ils attendent patiemment l'arrivée de Lucifer devant l'ouverture de la sphère.

Pendant ce temps les deux cousins et la charmante Stella s'approchent rapidement de la sortie en cheminant à travers bois.

Grâce aux indications de Belzébuth qui a vécu plusieurs années dans cet endroit sordide, ils n'ont aucun mal à s'y diriger.

Les voici enfin devant la sortie.

Ils se regardent tous les trois puis avec des hochements de tête entendus, se confirment l'attaque imminente.

Alors que l'attente se fait pesante, sur les hauteurs des collines qui délimitent la vallée du paradis, apparaissent des rangs de soldats ailés et à sa tête, Gabrielle.

Sous le regard déçu de Stella qui pensait que sa sœur aurait eu le bon sens de ne pas se retourner contre eux.

- Que fait ma sœur dans cette armée ? Demande Stella déstabilisée
- La dernière fois que l'on s'est vu, elle m'avait averti, qu'elle serait obligée de nous affronter si l'occasion se présentait, répond Lucifer quelques peu conscient de cette situation
- En tout cas, une chose est sûre, on sait quel camp elle a choisi ! Lance Stella en colère
- Ne la juge pas trop vite Stella ! ta sœur est dans une impasse entre son devoir et sa famille. Comment veux tu qu'elle choisisse ?
- Peut être que le choix est difficile, mais la logique veut, que personne ne devrait se battre pour un homme qui chérit l'injustice et l'égoïsme, rétorque Stella !

CHAPITRE IX

LE CHOIX DE GABRIELLE

Malgré toute cette haine envers les choix de Gabrielle, Stella reprend ses esprits et ce prépare a faire front. Lucifer et Belzébuth s'avance tous deux d'un pas décidé, laissant Stella prête a couvrir leurs arrières. Un dernier regard entre les combattants, puis Gabrielle lève son épée pour faire signe a ses troupes de se mettre en garde. Lucifer se serre les mâchoires au point de se mordre les lèvres à sang et se laisse envahir de sa profonde noirceur ce qui change immédiatement la couleurs de ses yeux. A ce moment là, Gabrielle ayant pris sa décision, abaisse son bras, laissant aller ses soldats sur le champ de bataille.

La première vague s'élance sans réfléchir avec un bruit assourdissant, alors que Lucifer qui n'avait pas encore bougé de son emplacement en attendant stratégiquement que les troupes de Gabrielle arrivent à la portée des armes de ses compagnons, lance une boule de feu dans les airs, envoyant le signal du commencement de l'offensive, aux douze anges et leurs recrues qui s'étaient réfugiés dans les hautes plaines.

Le ciel s'assombrit soudainement et les soldats qui s'empressaient d'attaquer, ralentirent leur course afin de regarder au dessus de leur tête.

Mais la surprise se transforma en frayeur quand ils s'aperçurent que le brouillard en question n'était autre qu'une multitude de flèches lancées par l'armée de Lucifer et qui dans leur précision emportèrent dans la mort, la première vague d'ange de Gabrielle.

Voyant le carnage que son action avait produite en lançant son attaque sans réfléchir aux conséquences, Gabrielle fit apparaître ses ailes, prit la tête du reste de ses troupes et se propulsa à toute vitesse sur le trio avec une rage évidente.

Abasourdi par la réaction de celle-ci les trois anges s'écartent de son champs d'action en se jetant rapidement à terre, mais Belzébuth dans une dernière tentative désespérée, tente de lui envoyer un puissant rayon de lumière avant de plonger à son tour. Malheureusement pour lui, Gabrielle le repousse avec son épée avec une facilité déconcertante. Profitant de l'avantage qui s'offre à elle, Gabrielle donne un terrible coup d'épée fendant l'air, en produisant une onde destructrice qu'elle dirige vers sa propre sœur qui ne s'était toujours pas relevée.

Le goût amère de ce geste envers Stella se fait sentir dans le cœur des deux sœurs, mais il est trop tard, Gabrielle a choisi sa voie et visiblement sa sœur n'en fera pas parti.

Le rayon que Gabrielle a envoyé est si puissant qu' il tranche la terre sur une quarantaine de mètre de longueur et sur une dizaine de mètres de profondeur. Mais Stella n'est plus à l'emplacement visé. Effectivement quand Gabrielle tourne la tête dans le but de vérifier où elle a bien pu s'éclipser, elle se fait propulser dans les dunes de roches sur une centaine de mètres, par un violent coup de poing de Lucifer qui tenait encore Stella sous son bras après l'avoir sorti de ce mauvais pas.

La colère de Lucifer est sans précédent. Si grande, que le sol commence à se dérober sous leurs pieds. Son énergie est incontrôlable. Belzébuth et ses douze acolytes rejoignent le jeune homme afin de le canaliser, privant de commandement leurs recrues toujours cachées et à l'affût dans les collines. Mais rien n'y fait et pendant ce temps, la reprise du combat de Gabrielle est inévitable.

Plusieurs gros morceaux de roches flottent en apesanteur sur le champs de bataille, et les anges soldats à la solde de Gabrielle voient la négligence des compagnons de Lucifer, abandonnant leur poste. Ils prennent de la hauteur pour mieux cerner les quinze exilés, à présent réunis en un seul et même point.

Shamsiel qui a vu la tactique des ennemis, s'avance et dit :
- Nous sommes des cibles faciles regroupés à cet emplacement !
- Il a raison Lucifer tu devrais reprendre tes esprits où nous ne pourrons jamais gagner cette bataille ! Renchérit Azazel
- Elle a essayé de tuer sa petite sœur sans le moindre sentiment !S'exclame Lucifer, fou de rage à l'idée que Stella aie pu disparaître en cet instant.
- Peut être mais elle n'a pas réussi et c'est toi même mon tendre aimé qui m'avait avertie qu'elle serait du côté de Dieu, le rassure Stella en attirant l'attention de son regard qui se radoucit pour un court instant.
- Très bien, mais elle va se concentrer sur toi afin que nous soyons tous déstabilisés ; alors Belzébuth et les autres vous allez combattre par les airs et toi Stella tu restes avec moi il est temps de couper le cordon familial.

Ce revirement soudain apaise tous les esprits puis chacun exécute les ordres de Lucifer.

Pendant que le combat s'engage dans les airs, Gabrielle qui venait à l'instant de se dégager des éboulements de rochers, revient à la charge et dans la bataille, parvient à se positionner à trois mètres à peine de Lucifer et Stella.

- C'était sacrément bien envoyé Lucifer, complimente Gabrielle avec un sourire amère.
- Et mérité ! Comment as tu pu prendre ta petite sœur comme cible prioritaire ? Alors que tu aurais pu te concentrer sur moi ou mon cousin !
- Depuis toutes ces années je t'ai suivi, je t'ai épaulé même quand tu étais dans le monde des humains. ELLE où était elle ? Pourquoi cette amour dévastateur ? J'ai tout fait pour que tu me remarques ses dernières années, mais il y a cette connexion, cette force, ce lien que nul autre que vous n'arriverait à comprendre !
- Attend une seconde !! Intervient Stella qui n'arrive plus à suivre. Toi ?! Gabrielle tu es amoureuse de Lucifer ?

Gabrielle baisse les yeux, devant le regard méprisant de sa sœur, se sentant désolée et envahie par la honte d'avoir dû se dévoiler à Stella.

- Mais il n'était encore qu'un enfant, quand tu le surveillais dans le monde des humains !
- Peut être, mais c'est ainsi ! Aujourd'hui, mes sentiments sont fondés et maintenant que je suis obligée de me battre contre vous, je ne vois qu'une seule manière de stopper et d'atténuer mes sentiments envers lui...
- Laquelle ? Demande Lucifer.
- Celle de tuer coûte que coûte, ma très chère et inoffensive sœur.
- Je te mets au défi d'essayer ! dit Lucifer, tout en déposant Stella, pour se mettre en garde.
- Comment comptes tu m'arrêter ? tu n'as même pas d'épée ! Ricane Gabrielle, lui faisant remarquer.
- Tu ne devrais pas te fier à ce que tu vois, interrompt

Stella en faisant apparaître suite a une formule énochienne, une épée de lumière, plus brillante que deux soleils.

La chance tournant à leur avantage, Gabrielle perd de nouveau son sang froid. Elle s'acharne aussitôt sur sa sœur, avant qu'elle ne parvienne à donner l'épée à Lucifer. Elle lui inflige plusieurs coups d'épée sans précision, ce qui offre la possibilité à Stella de se protéger instinctivement, avant qu'elle ne finisse par la blesser.

Lucifer s'élance dans le combat, agrippant de la main gauche la lame de Gabrielle. Celle-ci le blesse cruellement, mais il n'en montre aucune faiblesse.

Gabrielle tente de lui retirer, mais n'y arrive pas ; Lucifer est bien décidé à ne pas la lâcher, tant qu'il n'aura pas la fameuse épée de Stella.

Suite à un moment d'inattention de Gabrielle, il réussit à la transférer sur sa main droite , et donne immédiatement après un coup sur la lame de Gabrielle, l'obligeant à baisser sa garde.

Le jeune homme en profite pour lui balancer une boule de feu afin de se dégager, ce qui propulse l' archange sur à peu près deux mètres, la jetant à terre.

Lucifer, voyant Gabrielle à terre, l'attaque à son tour sans réfléchir du fait qu'elle s'était attaquée à Stella et qu'elle ait attenté à sa vie.

Gabrielle en archange expérimentée, le repousse d'un violent coup de pied dans l'estomac qui fait reculer le jeune homme et lui permet de se relever.

Lucifer ne la quitte pas des yeux, mais Gabrielle se remet au combat et les coups d'épée jaillissent de toutes parts.

Lucifer entaille le bras droit de Gabrielle, en même temps qu'elle le blesse à la cuisse gauche. Aucun d'eux ne veut rien lâcher. Chaque parade est d'une telle puissance qu'elle détruit le champ de bataille.

Pendant ce temps Belzébuth et ses compagnons repoussent tant bien que mal leurs assaillants dans les airs. Des rayons dévastateurs s'échappent de tous cotés , effleurant parfois Stella qui ne sait plus où se réfugier dans un tel chaos.

Alors qu'elle tentait de se mettre à couvert de tous ces bombardements, Daniel et Baraquiel s'écrasèrent non loin de sa position.

Elle alla les rejoindre automatiquement. Elle constata qu'ils étaient grièvement blessés et ne pouvaient reprendre le combat.

Stella se dit qu'elle pouvait être un élément capital pour son équipe, car parmi ses nombreux dons celui de redonner la vie où il n'y en avait plus, était précisément sa particularité.

Elle prit l'initiative de les soigner. Une fois guérit de leurs blessures, les deux anges remercièrent Stella puis reprirent leur combat dans le ciel.

Stella fut soulagée d'avoir été utile, mais Gabrielle ne lui offrit aucun répit.

Soudain, une vague de lumière destructrice s'abattit sur elle, avant qu'elle puisse sans apercevoir.

La jeune fille s'écrasa quelques mètres plus loin, à la limite de la mort.

Lucifer qui n'avait pas pu intervenir sur cette attaque, cessa immédiatement le combat et s'empressa de rejoindre Stella qui agonisait des suites de ses blessures.

- Stella ! s'il te plaît ouvre les yeux ! s'écrie Lucifer en sanglot
- Ne...ne...ne t'en fait pas mon aimé je saurais me guérir de ces plaies, répond Stella avec un léger sourire aux lèvres, caressant la joue de Lucifer.
- Que puis-je faire pour t'aider ? Répond moi Stella, je t'en prie, reste avec moi.
- Affronte la personne que ma grande sœur est devenue...et ramène la nous, je ne puis croire qu'elle

soit devenue aussi dépendante de sa rancœur, aveuglée par sa jalousie et son conflit interne, dit-elle avec des paroles entrecoupées de sanglots, convaincue malgré tout qu'il y avait peut être encore un espoir de sauver sa sœur.

Dans un dernier effort, la jeune fille serre la main de Lucifer, lui transmettant par là même, le peu d'énergie qui lui reste, avant de sombrer dans l'inconscience.

Soudain le jeune homme se retrouve envahi d'une puissance phénoménale, qui fit trembler la terre a des kilomètres. Le regard de Lucifer se transforma il devint rouge et profondément sombre.

Un dernier regard pour son aimé puis il s'élance a une vitesse fulgurante, disparaissant instantanément sous les yeux de Gabrielle qui resta pétrifiée devant un tel pouvoir.

Elle fut brutalement balayée dans les airs par un coup qu'elle ne vit pas venir. Elle n'eut pas le temps de finir son ascension, qu'un autre coup faramineux la fit s' écraser sur terre, pulvérisant les roches qui se trouvaient sur la trajectoire de sa chute vertigineuse.

Lucifer que la rage n'avait pas quitté, se manifesta dans un nuage de feu en lévitation à l' endroit où Gabrielle se tenait auparavant.

L'archange Gabrielle comprit que Lucifer venait de lui infliger tous ses coups à une vitesse qui dépassait ses capacités.

Allongée et enfouie sous les énormes pierres qui la recouvrait, elle poussa soudain un cri de rage qui fit voler en éclats les pierres qui la retenait, puis elle appela son épée qui réapparut aussitôt dans ses mains.

– Tu penses avoir gagné ! parce que ma gentille petite sœur vient de t'offrir la clef qui ouvre l'une des dix neuf porte de ton énergie intérieur ! lance Gabrielle a bout de force.

– Regarde toi Gabrielle ! ton destin n'était pas de suivre aveuglément les ordres d'un vieux fou qui ne pense qu'à sa petite personne ! Répond Lucifer qui ne se fait plus d'illusions, face a Gabrielle

– Je ne suis le mouton de personne, reprit elle, je suis ma propre logique et mon discernement

– Ton discernement ? comment peux tu discerner le bien du mal, quand toi même tu as essayé de tuer ta petite sœur ? Où est la logique dans toute cette rage et cette colère ? Moi même je sais ce qu'est la colère et crois en mon expérience, elle t'emmènera dans les plus profondes noirceurs de ton âme. Tu n'arriveras plus à revenir quand tu t'en seras rendu compte.

– Alors qu'il en soit ainsi ! c'est dans les ténèbres que nous nous retrouverons mon ami ! Promet Gabrielle.

– C'est aujourd'hui que notre amitié ce termine. Sur cette bataille qui décidera lequel d'entre nous saura y survivre.

– Attention Lucifer, n'espère pas gagner cette bataille aussi facilement. Crois-tu être le seul à pouvoir déverrouiller les portes de ton énergie ? Prévient-elle, j'ai moi même débloqué jusqu'à ce jour, cinq portes.

– Comment !?

– Tu crois tout de même pas que tu es le seul archange à pouvoir dépasser ses limites ? Elle fut pris soudain d'un fou rire incontrôlable, puis elle se reprit. Tu vas découvrir à tes dépends Lucifer, ce qu'est la puissance d'un des sept archange siégeant devant le trône de Dieu.

Elle commença à enchaîner des mouvements avec ses mains et ses doigts, puis elle se mordit le pouce, de façon à le faire saigner et colla fortement sa main sur son estomac. Une explosion d'énergie s'en suivit, se développa dans les airs sitôt son rituel terminé et les yeux de Gabrielle virèrent au bleu vif.

Elle se propulsa dans les airs face à Lucifer et le roua de coups de poing.

Le jeune homme resta paralysé par la force de frappe de Gabrielle qui enchaînait ses coups sans qu'il puisse réagir. Il avait le visage en sang et était complètement assommé par les frappes déchaînées et incessantes que lui infligeaient l'archange.

Dans cette même action, elle envoya un déferlement de rayons d'énergie, propulsant le jeune homme contre une falaise voisine.

Sentant l'écart se creuser, il exécuta une roulade arrière avant de s'abattre contre la roche. Il y prit ensuite appui et se catapulta de toute ses forces vers Gabrielle, lui allongeant un prodigieux coup de poing dans la mâchoire, qui la désorienta.

Les deux archanges se retrouvent nez à nez. Ils se regardent avec une telle intensité que leurs ondes d'énergie continuent de faire voler les détritus.

La tension est à son comble, chacun d'eux ne peut se permettre de perdre ce combat.

On entend leurs camarades hurler de rage, de douleur, mais il est hors de question de se distraire. Le moment fatidique se rapproche à grand pas et c'est Lucifer qui commence les hostilités dans cette ultime duel. Il se met à produire rapidement des torrents de boules de feu, Gabrielle les esquive un à un mais le jeune archange ne lâche rien, il ne veut surtout pas et en aucun cas, la laisser gagner du terrain. Malgré tout, la jeune femme évite habilement et sans trop de difficulté ses attaques.

Elle fini par trouver une faille dans l'offensive de Lucifer et se jette dedans pour la traverser. Sitôt arrivé sur sa position, elle lui livre un combat sans merci le frappant de toute part. Il finit par parer l'une de ses attaques, lui donnant l'opportunité de lui infliger un grand coup de pied au visage, qui eut pour conséquence de ralentir son offensive, offrant quelques secondes de répit au pauvre garçon à bout de force. Le visage en sang Lucifer s'efforça de garder la tête haute afin de pouvoir étudier stratégiquement la situation. Gabrielle dans sa trop grande confiance, se remit immédiatement dans le feu de l'action, mais elle avait cependant omis le fait, que son adversaire était capable d'analyser les choses avec une rapidité fulgurante, et quand elle voulu lui porter un coup irréfléchi au visage, Lucifer se servit des pierres qui l'évitaient encore sur le champs de bataille, comme bouclier, grâce à une technique de contrôle de la pensée jusqu'à lors inconnue au yeux de tout le monde.

Prise de vitesse par cette parade, Gabrielle ce retrouva forcée de porter son attaque dans la roche. Son coup fut si grand quelle réussit tout de même à la traverser. Mais de l'autre coté Lucifer qui avait prévu ce résultat, l'attendit pour qu'une fois l'obstacle anéanti, dans son temps d'égarement, il lui inflige un coup d'épée fatal avec l'épée que lui avait procurée Stella au début du combat, transperçant ainsi la poitrine de l'Archange. Gabrielle perdit aussitôt connaissance et tomba en chute libre l'arme de Stella plongée dans son corps. Afin d'être certain que cette fois ci elle ne s'en relèverait pas, Lucifer plongea sur l'archange l'accompagnant dans sa chute. Juste avant qu'elle ne s'écrase, la relâcha et lui envoya une boule de feu qui se désintégra sur elle, provocant une onde de choc particulièrement violente.

A ce moment là les soldats qui se battaient toujours avec les compagnons de Lucifer, voyant que la bataille était perdue du fait de la défaite de leur chef, furent contraint de déposer leurs armes.

Ainsi la bataille se termina, et l'Archange Lucifer ne prit pas la peine de profiter de sa victoire et se dirigea de suite auprès de

Stella qui respirait toujours. Il la prit dans ses bras et demanda à son cousin de rassembler tout le monde et de quitter les lieux le plus vite possible.

- Peux tu nous faire savoir notre prochaine destination ? Demande Belzébuth
- Oui, répond Lucifer sur un ton sinistre. Comme me l'a gentiment fait remarquer Gabrielle lors de notre combat il me faudrait ma propre épée.
- Et comment comptes tu te la procurer ?
- Et bien, confie Lucifer, quand j'étais retenu enchaîné au trône de mon père j'ai pu apprendre qu'il existait une épée qui avait été précieusement cachée, afin que je ne puisse jamais la retrouver.
- Pourquoi ça ? Demande Remiel
- Tout simplement parce que le jour de ma création elle s'est forgé d' elle même avec ma chaire, dans les flammes des grottes d'Avibel.
- Les grottes d'Avibel ? interroge Belzébuth.
- Oui elles ont été tenue dans le secrets le plus absolu depuis ma naissance, à cause du pouvoir légendaire que l'épée pourrait me procurer. Les grottes sont situées un peu plus à l'Est de notre position.
- Et comment se prénomme cette épée ? Demande curieusement Azazel.
- Elle s'appelle Auréliel.
- Bien, allons chercher l'épée et ensuite qu'est ce qu'on fait ? Dit Remiel
- Après cela, nous formerons notre armée et nous agirons en conséquence.

CHAPITRE X

AURELIEL

Cette promesse, remit en quelques sorte du baume, au cœur de nos Anges.

Sur ces derniers mots ils prirent la route vers les grottes d'Avibel, laissant derrière eux un champs de bataille complètement dévasté. Gabrielle laissée pour morte, mais qu'importe son état, celui de Stella était beaucoup plus préoccupant, à leurs yeux. Les soldats de Dieu étaient si désemparés qu'ils ne cherchèrent même pas à les empêcher de partir. Le pouvoir de Lucifer était à présent reconnu et pétrifiait la volonté de ses ennemis. Ils les regardaient, le sang glacé s'en aller au loin.

Sur leur trajet l'inquiétude commençait à se voir sur le visage de chacun.

Lucifer tenait dans ses bras Stella depuis plusieurs heures. Elle n'avait toujours pas repris connaissance.

Belzébuth tendit une gourde d'eau à son cousin afin de pouvoir hydrater un peu la jeune fille. Il espérait la voir ouvrir les yeux, mais cela n'y changea rien.

Ils finirent par se résoudre à s'arrêter, afin de monter un petit campement provisoire. Cet arrêt leur fut bénéfique pour pouvoir enfin se reposer et se remettre de leurs blessures. La fatigue gagne peu à peu chaque partie de leur corps. C'est auprès d'un feu discret qu'ils se blottissent, l'esprit pensif et le cœur lourd après de telles émotions.

Lucifer n'arrive pas à quitter Stella du regard. Il se demande pourquoi leur amour n'a pas la chance d'avoir un équilibre de vie stable, comme l'ont de nombreuses personnes ? Pourquoi la vie a t-elle fait de lui une cible toute désignée, depuis sa plus tendre enfance ? Parfois se dit-il le destin nous prend ce que l'on chérit le plus au monde. Des larmes commencent à couler peu à peu de ses joue, sans qu'il y prête la moindre attention. Bizarrement, contre toute attente, le ciel qui était si clair, s'assombrit pour laisser place à la pluie.

Mais elle n'était pas comme d'habitude, et ses amis le remarquèrent très vite, car ils la sentirent chaude et très lourde. C'était une pluie qui vous envoyait des ondes étrangement négative, qui vous mettait dans un état d'esprit particulièrement mauvais. Ce pourrait-il que Lucifer soit capable de jouer sur le temps ? S'interrogent ses camarades. Après le spectacle de ce matin Belzébuth commence à se dire, que si son cousin venait à perdre Stella, personne dans l'univers ne pourrait contrôler la fureur de celui ci.

Alors que tout espoir semblait perdu, le corps de Stella qui était étendu à même le sol, se mit subitement à s'illuminer de plus en plus, allant même jusqu'à éblouir la plupart de ceux qui se trouvaient à coté d'elle. Puis d'un seul coup, le scintillement s'arrête brusquement, laissant juste entendre un toussotement léger.

Abasourdis par cette nouvelle, mais néanmoins très agréable surprise, ils laissèrent passer quelques secondes avant de se ruer littéralement sur elle, tant le soulagement de la voir en vie était grand. Mais quand ils s'écartèrent enfin pour la laissait respirer, c'est Lucifer, son seul et unique amour qui l'enlaçait tendrement.

Ainsi les yeux dans les yeux, on pouvait sentir l'énergie évidente que ces deux Anges arrivaient produire quand ils étaient réunis. Une fois de plus, la nature autour d'eux se mit à s'agiter de toutes parts et soudain, la pluie cessa.

- Tu m'as tellement manqué ! Confie Lucifer.
- Tu ne pensais tout de même pas que tu allais vivre encore une journée de plus sans moi ? Lui dit-elle, en lui passant doucement la main dans les cheveux.
- Ne me refais jamais plus ça ! Supplie tendrement le jeune homme. Ma vie qui n'est que martyr depuis mon enfance à ce jour, n'a eu de sens, que grâce à cet amour qui est le notre.
- Ne t'en fait pas mon aimé, durant mon profond sommeil, j'ai pu me rendre compte de ce qui me faisait défaut depuis tout ce temps.
- Que dis tu ? Demande Lucifer un peu perplexe.
- J'ai bien réfléchi, si ce qui se dit à notre sujet s'avère être vrai, notre force réside dans notre union ! Aussi, ta puissance se décuplera, à chaque fois que je pourrais te transmettre mon énergie ! Lui explique Stella. Pour se faire, il est temps pour moi de m'entraîner à explorer et exploiter mes limites énergétiques, durant notre quête, afin de retrouver Auréliel.
- Rien ne t'y oblige Stella ! Tu es encore trop affaiblie et tu ne t'es pas encore remise de la précédente bataille contre les forces de mon père.
- Justement ! Répond la jeune fille, sûre d'elle et de ses convictions.
  La faiblesse est un mot qui ne devras pas être acceptée lors de notre combat final, où nous risquerions bien d'en subir les conséquences.
  Ce jour là, il n'y aura pas d'échappatoire.

Désormais Lucifer est définitivement convaincu, que s'il ne veut pas perdre contre son père, il aura besoin d'un maximum d'énergie. Même si pour l'instant l'idée de se servir de celle de Stella lui est insupportable.

Mais l'heure n'est pas aux lamentations, bien au contraire, puisque la jolie jeune femme est revenue a elle.

Afin de fêter le réveil de la belle Stella, Lucifer demande à Shamsiel de récupérer ses soldats et de quérir quelques plantes et baies sauvages dans la nature, afin que tous les guerriers puissent se sustenter et se reposer un peu autour du feu de camp, en soignant leurs blessures. Ce qu'il fit volontairement, avec grâce. Il salua le fils de Dieu et envoya ses troupes s'éparpiller dans la nature verdoyante. Quelques instants plus tard, les troupes de Shamsiel revinrent avec une telle quantité de nourriture et boisson, car le Paradis en était très riche sur ce point, qu'ils festoyèrent et se repurent de fruits et de breuvages célestes, avant de s'endormir harassés par la bataille qu'ils avaient menée.

Cependant une pensée hantait Lucifer, les jours suivants allaient être déterminants pour eux. La bataille finale approchait et il se posait toujours la même question : « était-ils prêts avec ses légions à affronter les troupes illimitées de son père ? ». Cette question le traversait encore quand il s'endormit enfin dans les bras de Stella qu'il ne voulait plus lâcher de peur de la perdre à nouveau.

Le petit matin se lève doucement sur le camps. Faute de ne plus savoir vraiment ce qu'il ont pu faire la veille au soir, les voici déjà debout prêt à repartir.

C'est alors que, s'adressant aux Anges, Lucifer leur dit :

– Mes amis, nous n'allons pas tous partir afin de quérir mon épée.
Seuls mes quinze fidèles Archanges et capitaine m'accompagneront dans ce périple.

    – Pourquoi ? Demande Stella étonnée.

    – Le déplacement de toute l'armée nous ferait repérer bien trop vite et ce n'est pas le but recherché.
       Cependant, je vais leur confier une mission de la plus haute importance.

Les oreilles des Anges se tendent de façon à ce qu'aucun ne puisse perdre un mot de ce que Lucifer ne va dire.

    – Je vais faire de vous mes messagers et vous allez parcourir le royaume de mon père en mon nom, afin de répandre la nouvelle que je veux faire une armée pour combattre son despotisme.
       Racontez leur comment vous avez été emprisonnés et pourquoi vous l'avez été.
       Dites leur où il relègue les imperfections qu'il a lui même créées et comment il punit ceux qui ne sont pas de son avis
       Enfin, ralliez les à notre cause, car la bataille risque d'être rude dans les temps à venir.

Son discours terminé, Lucifer leur lance un dernier regard et flanqué de ses quinze meilleurs soldats, il prend la route vers sa destinée, pendant que fusant dans toutes les directions, une nuée d'Anges allait porter les paroles de leur mentor, aux autres Anges du royaume de Dieu.

Le groupe formé par Lucifer et ses quinze amis fidèles, se met en colonne puis commence à marcher en écoutant attentivement ses indications.
Cette fois ci le chemin qu'ils empruntent est nettement plus périlleux. Le sol parsemé de pierres coupantes est un énorme inconvénient pour nos héros. Il faut savoir qu'au paradis, personne ne porte de chaussure, nul besoin de se protéger les

pieds, tant au sol que dans les airs.

Ils pourraient bien évidemment se contenter d'emprunter la voie des airs, mais le risque de se faire repérer est beaucoup trop grand.

C'est ainsi qu'ils affrontent la dure épreuve de cheminer pieds nus sur les sentiers empierrés du mont où Lucifer devra trouver son arme faite de sa chaire...

Ils avancent ainsi, les pieds en sang, sans le moindre murmure, déterminés comme jamais ils ne l'avaient été.

Présumant arriver au bout de leur peine, ils se trouvèrent devant un impressionnant barrage construit hâtivement avec les enchevêtrements de quelques gros troncs d'arbre. Face à ce passage obligatoire et extrêmement dangereux par l'instabilité de sa structure, ils n'ont nul autre choix que de s'y soumettre car il n'y a pas d'autre passage à l'horizon qui pourrait leur servir de passerelle.

Les quinze Anges responsables de la petite armée qui s'était formée, se concertent et conclurent très rapidement qu'ils n'ont pas d'autre solution que de traverser à cet endroit.

Alors un à un, entraînant derrière eux le reste de la troupe, ils montent sur le plus imposant et le plus stable des troncs. Malgré tout ça celui ci semble se dérober sous leur poids. Pendant qu'ils avancent en file indienne pas après pas le tronc lui n'arrive plus à porter l'ensemble du poids de nos héros et petit à petit commence à pousser la structure de soutien du barrage ce qui déséquilibre l'Ange Samyaza et attire son pied entre deux troncs, ayant pour effet de l'entraver entièrement.

- Samyaza ! S'écrie son fidèle ami Belzébuth, en esquissant un geste vers le malheureux.
- Belzébuth ! au secours sort moi vite d'ici ! l'eau commence a s'infiltrer ! Implore l'Ange
- Ne t'inquiète surtout pas, on arrive de suite ! Dit Belzébuth en essayant de s'appuyer sur un tronc voisin

afin de venir en aide à son ami ! Surtout ne fait plus un geste!

– Je ne vois pas comment je pourrais y arriver ! Dit Samyaza, non seulement à cause de ces deux énormes troncs qui me bloquent le thorax mais aussi parce que je crois bien que mon pied droit s'est pris dans une espèce de branche.

– Bon, ne panique pas, je traverse ! Le rassure Belzébuth.

– Attend ! S'écrie Lucifer.

– Qui a-t-il? Questionne son cousin en sursautant.

– Surtout ne bouge plus ! tu t'appuies en ce moment sur un tronc qui est en porte à faux sur la sixième poutre maîtresse de ce barrage, et qui de plus, est trois fois moins solide que celle sur laquelle tu te tiens.

– Ce qui veut dire ? Demande Belzébuth complètement perdu.

– Cela signifie que si tu bouges encore ton pied dans la mauvaise direction tout le barrage va s'écrouler.

– Oh mon dieu c'est pas vrai ! mais qu'as-t-on fait pour avoir une telle poisse ?! Réplique son cousin découragé.

– Oh non qu'as tu fait ? Rugit Lucifer

– Quoi ? Qu'est ce que j'ai encore dit !

– Tu viens à l'instant de prier mon père ! Avertit Lucifer.

– Lucifer ! Ne me dit pas que cela veut dire qu'il a donné notre position ! Demande Stella affolée.

– Tout juste ! Il n'y a plus une minute à perdre ! Nous devons partir d'ici immédiatement.

A peine eut il terminé sa phrase que plusieurs lumières apparurent dans le ciel, laissant deviner au groupe les probables Archanges qui allaient les intercepter.

Voici comme l'avait prédit Lucifer, Samaël, Michel, Raphaël, Ragouël, Uriel, et Métatron.

Le groupe de Lucifer est terrorisé. Il y a de quoi ! Les six Archanges qui sont face à eux, sont les plus redoutables de tout le paradis.

Belzébuth ne manque pas de repérer Michel, Archange qu'il redoute le plus.

Les deux groupes s'affrontent du regard. Nos héros espèrent avoir l'opportunité de pouvoir s'échapper sans en recourir à la force.

Mais, Métatron devine tout de suite la tactique du groupe et intervient en les prévenant qu'ils n'ont aucune issue possible.

Petit à petit, les Archanges qui sont toujours en lévitation au dessus d'eux les encercle, de façon à être certain d'avoir l'avantage.

Prévoyant l'issue de cette bataille et sachant que son ami Samyaza était toujours pris au piège dans les décombres du barrage, Lucifer rappelle à son cousin les conséquences qu'ils pourraient y avoir s'il bougeait brusquement son pied. Il décida que cette situation pouvait être à son avantage afin de se sortir du piège que leur avait tendu les Archanges.

Alors il hurla à Belzébuth de bouger sa jambe le plus fortement qu'il le pouvait.

Aussitôt dit, celui ci mit en œuvre ses directives, causant un éboulement qui détruisit le barrage, emportant avec lui les quinze pauvre anges. Une fois de plus et à contre cœur, ils furent obligés de se sacrifier, afin d'avoir une chance de pouvoir continuer leur quête.

L'écroulement du barrage fit place ensuite au terrible déversement de l'eau, qui entraîna dans son sillage tous nos héros, devenant esclaves de leur imprévisible destin.

Ils disparurent devant les yeux des six Archanges, encore hébétés par leur action, entre courage et imprudence, dont ils venaient de faire preuve.

Samaël n'en revenait pas. Un début d'admiration en lui se

profila mais il ne le montra pas.

Présumant que Lucifer et ses disciples se sont noyés dans le torrent, Michel et ses compagnons, abandonnèrent la poursuite qu'ils étaient prêts à entamer.

Pendant ce temps le torrent d'eau puissant et incontrôlable s'écoula sur plusieurs kilomètres, produisant une vague énorme, détruisant tout sur son passage, suivant le contour des falaises qui se tenaient sur son parcours.

Peu à peu le grondement de l'eau déferlant finit par s'estomper pour laisser place au ruissellement de l'eau calme d'une rivière, s'écoulant devant la plus grande de toute les montagnes du paradis. C'est précisément à cet endroit précis que se sont échoués tous les compagnons de Lucifer.

Tous sont conscients et n'ont aucune blessure. Ils sont enveloppés dans une sphère d'énergie qui les a protégé. Encore sous le choc de ne pas s'être noyés, ils finissent par apercevoir Stella avec les mains agrippées l'une à l'autre, dans la posture d'une femme qui prie avec force.

Ils devinent alors très vite que c'est elle qui les a sauvé d'une mort certaine, en les protégeant avec une sphère d'énergie pure.

Certaine à présent que la vie de ses compagnons n'était plus en danger, elle dissipe la bulle de protection qu'elle avait créée autour d'eux et relâche délicatement ses mains, en montrant de grands signes d'épuisement. A tel point, qu'elle perd connaissance l'espace de quelques secondes, la faisant tomber en arrière. Lucifer qui l'avait prévu, part instantanément la rattraper dans un brouillard de feu. Disparaissant aux yeux de tous et réapparaissant soudain derrière elle. Il lui saisit délicatement le sommet de la tête, afin de l'empêcher de se cogner contre le fragment de roche qui se trouvait sur la trajectoire de son crâne et la dépose doucement au sol, pour ensuite la saisir dans ses bras.

    — C'est bon, je te tiens ! Dit Lucifer en la rattrapant.

- Pardonne moi Lucifer ! Dit la jeune fille épuisé
- Pourquoi devrais tu demander pardon ? Répond Lucifer le sourire aux lèvres, faisant bien attention de garder le corps de Stella étendu dans ses bras, afin qu'elle continue de se reposer
- Je n'ai pas pu sauver Samyaza pendant l'éboulement, dit elle pointant son doigt derrière l'épaule de Zaqiel et Bezaliel

Se retournant, ils aperçurent le corps inerte de Samyaza, étendu sur une énorme pierre.

- Oh non Samyaza ! s'écrient Sariel et Armaros en le rejoignant
- Est ce qu'il respire encore ? Demande Remiel
- Oui, mais très faiblement, répond Zaqiel inquiet
- Alors laissez moi m'occuper de lui ! Dit Stella, en tentant vainement de se relever, je peux peut-être le sauver.

Lucifer se rend compte que la jeune fille est bien trop épuisée par le fait d'avoir maintenu ses amis en vie dans la longue descente du torrent, pour continuer de faire des incantations magiques. Il culpabilise sur la situation de Samyaza, car c'est lui qui a suggéré à son cousin de faire tomber le barrage sur lequel son compagnon était prisonnier. Sur ces entrefaites, il demande à Stella de lui laisser prendre les commandes.
Il se dresse devant son ami agonisant et le récupère dans ses bras, afin de le faire descendre de cette imposante pierre.
Maintenant, le voilà plus à son aise pour son rituel.
Lucifer se concentre et commence par enchaîner des mouvements très particuliers avec ses doigts et ses mains. Ensuite, il les claque violemment, ce qui génère de suite une bienfaisante chaleur dans ses paumes. Pour finir, il les pose

rituellement sur le buste de Samyaza, sentant ses amis pour le moins septiques. Les minutes se succèdent et ses proches se mettent à questionner Lucifer,lui demandant si leur ami n'est pas mort. D'un signe de tête se voulant encourageant et réconfortant pour ses amis, Lucifer leur répondit que non. Il entendait son cœur battre et sa respiration redevenir normale.

L'attente commençait à s'étirer et alors que tous les compagnons avaient perdu espoir, Samyaza ouvre légèrement les yeux, sous le regard émerveillés de ses amis.

Le rescapé se lève avec prudence et contemple les alentours, en demandant à ses compagnons quel est cet endroit où ils ont échoué. Lucifer lui répond le sourire aux lèvres, qu'il avait calculé très exactement les lieux où ils atterriraient, qui n'est autre que le pied de la montagne où se trouvent les grottes d'Avibel.

Cette nouvelle fit s'effondrer l'énorme pression qui pesait dans le groupe de Lucifer, les faisant s'éclater dans un fou rire incontrôlable pendant de longues minutes.

Quand le calme revint, ils se tournèrent- tous vers Lucifer afin d'attendre ses ordres, car à présent, ils en étaient certain, ils pouvaient le suivre aveuglement.

Cette confiance aveugle, Lucifer l'avait attendue depuis toujours et pendant qu'il dirige son équipe, il comprend en même temps qu'il est entouré de ses plus fidèles compagnons.

Lucifer prend alors la parole dans ces termes :

- Mes amis, nous ne pouvons toujours pas utiliser nos ailes, car elles risqueraient de nous faire repérer, aussi, je vous demande un dernier effort. Nous devons gravir cette montagne, les grottes se trouvent au sommet et ce ne sera pas une mince affaire !
- Au point où nous en sommes il est hors de question de faire machine arrière, dit Belzébuth.
- Je suis entièrement d'accord, confirme Azazel, si nous

sommes ici aujourd'hui, à tes cotés, c'est grâce à toi.

Nous te serons éternellement reconnaissants de nous avoir libéré de la vallée où nous avait emprisonné ton père.

- Notre choix est irrémédiable Lucifer ! Dit Stella, il vaut mieux mourir entouré de ses amis que de vivre dans la solitude pour l'éternité.

Ils se mettent alors à gravir la falaise qu'il fallait franchir, afin d'accéder à la montagne qui conduisait à la grotte. Rochers après rochers, affrontant les rafales de vent qui les oblige à courber l'échine et à avancer en se protégeant les yeux de la poussière qui les aveugle. L'épreuve est terriblement difficile, ils combattent les éléments, escaladant à la chaîne les fragments de roche, frôlant parfois la chute.

Mal grès les difficultés qu'ils rencontraient successivement, ils ne se découragèrent pas, bien au contraire.

Cette partie de l'épreuve leur donna une raison de plus d'y croire. Se disant qu'ils devaient y avoir un sens bien particulier à cette aventure semée d'embûches.

Plusieurs heures s'écoulent tandis que leurs mains et leurs pieds sont couvert de sang. Mais leur concentration ne faiblit pas tandis qu'ils commencent à entrevoir l'entrée des grottes. elles sont magnifiques, Lucifer et ses amis les regardent avec soulagement et réjouissance.

Le courage et l'abnégation dont ils ont fait preuve, vient encore une fois d'obtenir des résultats. Mais voilà qu'au moment où ils accèdent à l'ultime tronçon les uns après les autres, Stella dérape subitement, en voulant s'appuyer sur l'une des arêtes qui lui servait à monter. Se doutant de la suite des événements, Lucifer abandonne ses appuis en la suivant dans sa chute. Et ce n'est une fois qu'il se trouve à sa hauteur et dans le vide, quelques mètres plus bas, qu'il la saisit fermement de sa main droite tout en s'accrochant solidement de son autre main à une aspérité de la roche.

Son cousin qui venait d'être pris de court et n'avait, tout comme le reste de l'équipe, strictement rien vu venir, se précipite à leur secours. Alors qu'il maintient robustement le bras de Lucifer, il sollicite l'aide des membres de ses coéquipiers afin de récupérer Stella qui commençait à glisser des mains de Lucifer. C'est avec difficulté et non sans peine qu'il réussirent à la hisser saine et sauve.

- Tout va bien ! Demande Belzébuth essoufflé et soulagé à la fois.
- Non ! Laisse moi tranquille ! Dit Stella d'un ton effronté qui n'était pas dans ses habitudes et qui laissa tout le monde sans voix pendant quelques secondes.
- ...Stella ! Dit Bezaliel hébété.
- Je me rends compte que je suis un poids que vous traînez derrière vous !
  Je ne fais que vous ralentir, je suis profondément désolée, je ne suis vraiment pas d'humeur ! Répond-elle.

Belzébuth tente de la raisonner mais en vain. Stella s'isole immédiatement, en laissant s'échapper une traînée de larmes, qui ne manque pas d'être perçue par ses amis. Les Anges se regardent les uns les autres du coin de l'œil, désirant trouver un dénouement à ses maux. Blottie dans un coin, cheveux au vent, l'assurance de la jeune fille en à prit un sacré coup, ébréchant sa témérité. Malgré tout son compagnon ne viendra pas la réconforter, car il juge que c'est à elle, et à elle seule de se remettre en question.

« Une femme aussi pure que Stella, doit être préservée de toute indignation, car il sait très bien que c'est en elle seule, que réside ce grand pouvoir qui fera d'elle une alliée indispensable au sein de leur révolution ».

Le regard reposant sur elle même avec un petit air boudeur d'insouciance, sa conscience travaille beaucoup en ce moment la jeune Ange.
L'amour a-t il ses limites ?
Sera-t-elle assez forte pour endosser le rôle de la dame nature la plus puissante de l'univers ? Et les conséquences des choix qu'elle prendra ?
Toutes ces questions n'arrêtent plus de s'ajouter à ses perspectives, ses yeux ne cessent de se perdre dans l'immensité du ciel.
Quand soudain, une main vient se poser sur son épaule, la faisant tressaillir. Elle regarde son propriétaire, et à sa grande surprise... c'est Belzébuth ! qui vient d'être envoyé stratégiquement par son cousin. Elle sourit, car évidemment, elle a compris le petit clin d'œil de celui ci.

- Il faut vraiment que tu arrêtes de douter autant sur toi ? dit Belzébuth sur ton qui se voulait ironique
- Je ne suis pas aussi forte que vous et je n'arrive pas à m'y résoudre, voilà tout ! Mais ça ira ne vous inquiétez pas ! Dit-elle tristement sur un ton d'excuses.

Continuant à la narguer amicalement, Belzébuth poursuivit son élocution gentiment, avec un sourire en coin :

- Oui... C'est certain que tu n'as rien à voir avec nous !

En entendant ces mots, Stella esquisse un sourire forcé, en s'inclinant devant sa triste réalité.
Mais Belzébuth qui n'avait pas fini de lui parler, renchérit de suite après.

– Tu es bien plus puissante que nous tous réunis ! À part Lucifer bien sur ! Mais réfléchit une seule seconde... Crois tu vraiment que Lucifer aurais cette volonté et un tel esprit combatif, si tu n'étais pas à ses côtés ?

– Et bien... je pense que...

– Moi je crois que tu penses très mal ! La volonté d'un homme ne réside en lui que lorsque qu'il est épris d'un objectif et dans le cas de Lucifer c'est celui d'être à tes côté dans un futur qu'il aura bâti à la force de ses poings.

Tenant compte du point de vue de Belzébuth qui avait su trouver les mots justes pour stimuler son attention, elle subit ces répliques comme une révélation pour son moral.

Stella en resta bouche bée, et le jeune homme en profita pour ajouter une réflexion, qui la remit immédiatement en question :

– Et toi Stella ? Quel est ton objectif ?

Stimulée par ces paroles, elle se releva brusquement et regagna le groupe, à la plus grande joie de tous ses amis.

Sans perdre une seconde ils se préparèrent à entrer dans les grottes devant lesquelles ils avaient fait escale. Dans cette perspective, ils sollicitèrent Lucifer afin de créer un feu dans ses mains pour faciliter leur progression dans l'obscurité.

L'Archange se plie à leur volonté, puis accompagné de ses fidèles, il s'enfonce dans une ambiance des plus angoissante au cœur de cette abîme.

Remiel propose au groupe d'avancer en ligne, afin que tous puissent profiter pleinement de la lumière que produirait Lucifer avec sa main.

Le groupe décide d'avancer en ligne afin de couvrir un maximum de terrain sur la largeur des grottes, avec en son centre Lucifer qui les éclaire de son feu.

Très peu rassuré par le choix tactique que lui avait suggéré l'Ange Remiel qui se trouve à l'une des extrémité de la file, le groupe est constamment ralenti par le manque de lumière sur un des coté.

La plupart du temps les compagnons qui sont mal éclairés, essaient de se guider dans l'obscurité à l'aide de leur mains. Mais cela paraît insuffisant, alors ils demandent à Lucifer d'enflammer sa deuxième main afin que les deux cotés puissent être éclairés équitablement.

Quelques instant s'écoulent, quand Remiel qui n'est toujours pas le moins du monde rassuré dans cette pénombre des plus absolue, fait une autre remarque qui commence à irriter la patience de ses compagnons. Mais Stella qui ressent l'angoisse soudaine de Remiel se rapproche de lui pour le rassurer et éviter d'éveiller les tensions qui commençaient à s'installer. Ce geste de compassion, d'une très grande utilité aux yeux de Remiel, s'accapare la compagnie de la jeune fille pour continuer en toute sérénité, le reste de leur chemin.

Alors que leur passage dans la grotte se poursuit sans encombre pour le défi incertain que s'était lancé nos héros, Lucifer ressent une curieuse sensation envahir l'intégralité de son corps.

Au fur et à mesure qu'il avance une grande nostalgie l'envahie. Tandis qu'il se hâte en avançant pas à pas dans cette lugubre et insolite caverne, ses souvenirs affluent avec de nouveaux, ce qui l'amène à se rappeler que cette épée est née en même temps que lui, forgée de sa chair et jumelée de sa force.

Pensif, ses agissements deviennent plus lucide que jamais et la déchéance qu'il éprouvait depuis sa naissance commence au fur et à mesure de sa progression, à retrouver du goût ainsi que du sens à son existence.

Même si Stella est son cœur, il prend conscience que cette épée n'en est pas moins son esprit. L'Archange se souvient désormais d'Auréliel, l'épée qui lui a été arrachée contre sa volonté, dès sa naissance par son père.

Il se galvanise, étant persuadé que cette arme et lui ne sont qu'une seul et même essence. Cela explique la raison qui fait, qu'à mesure qu'il s'en rapproche, la volonté de s'en saisir et de s'unir à elle, se fait de plus en plus pressante.

Guidé par ses instincts dans cette lugubre cavité, il voit soudain surgir devant eux, une étrange vapeur fluorescente de couleur feu.

Aussi étonné que ses compagnons et après les avoirs concertés, il les convie à suivre cette fumée afin de voir où celle ci les conduira.

Bien que certain de sa provenance, ne la voyant sortir de nulle part, ses amis ne s'attende pas du tout de triompher de leur épreuve sans se battre. Ils avancent craintifs et sur leur garde, une fois de plus, car jusque ici tout ce qu'ils ont eu, c'est en se battant et rien ne leur démontre le contraire.

Quoi qu'il en soit, et aussi invraisemblable que ça puisse paraître, les quinze braves Anges guerriers arrivèrent au bout de leur chemin, sans s'être opposés à aucune rencontre indésirable, ce qui bien sûr les étonne au plus haut point.

Mais voilà ! Ils sont arrivés comme prévu au bout de la route indiquée par leur guide. La fumée disparue aussi brièvement qu'elle était arrivée et les Anges se retrouvent nez à nez avec le même contraste qui leur avait été donné juste avant de se mettre en quête de leur objectif.

Rien ! Ils se trouvent dans une salle vide de tout objet ! Au bout du chemin, sans autre issue que celle du retour !

Découragé par cette échec, les anges se dispersent dans la pénombre pour s'asseoir et se lamenter chacun dans leur coin.

Voyant Lucifer aussi déçu que ses amis Stella le rejoint, puis elle lui chuchote quelques mots doux et réconfortants tout en l'enlaçant dans ses bras. Pendant qu'elle prend sa main gauche, elle lui redresse la tête tout en continuant à lui murmurer des mots tendres .

Ce que les Anges ne pouvaient pas savoir, c'est que l'épée ne pouvait se dévoiler à Lucifer que sous un certain rituel. Sans être au courant, et sans qu'ils puissent s'en douter en aucune façon, c'est l'épée elle même qui les a placé ainsi en rond autour d'elle. Elle absorbe leur énergie afin de se montrer à Lucifer.

Petit à petit, dans un rayonnement mystique, là, au centre de la salle, sous leur yeux émerveillés, se dévoile Auréliel.

Une lumière accompagnée d'une musique divine se révèle devant leurs yeux et leurs oreilles fascinées. Une fois la lumière devenue moins aveuglante, une épée d'une taille impressionnante leur apparut. La lame était dessinée dans un modelage tribal, une seconde lame en forme d'arrondi qui descendait vers la poignée, s'accordait harmonieusement avec l'ensemble. La garde était tout comme son pommeau animée d'un véritable feu et pour finir sa poignée était confectionnée de la chair de Lucifer en personne. Il l'avait de suite ressenti au plus profond de lui même.

Auréliel était devant lui, il l'entendait l'appeler par tous les pores de sa peau. Autour de lui il n'y avait plus rien... non ! rien à part lui et Auréliel, il tendit sa main pour la saisir, et cet instant lui parut une éternité. Inconsciemment, Stella superposa sa main sur celle de Lucifer, alors que cette chanson céleste ne cessait de l'attirer.

Lucifer avait les yeux pleins de larmes, convaincu désormais que sa vie reprendrait un sens, une fois qu 'Auréliel serait en sa possession et Stella à ses cotés.

Dès qu'il s'en empara, une poussée phénoménale d'énergie pure descendit dans l'ensemble de son corps. Il sentit cette fusion de bien être couler le long de ses membres. Stella qui avait posé sa main sur la sienne, sentit également ce nouveau et phénoménal pouvoir qui venait à présent de les unir.

C'était comme si, une profonde bouffée d'air frais le plus pur les submergeait, par tous les pores de la peau. Elle envahissait leurs âmes et toute leurs veines. Quand elle cessa,   une explosion astronomique s'échappa du corps de Lucifer. Les ailes des deux anges apparurent brusquement sans qu'ils ne les invoquent aucunement.

L'onde de choc qui s'en suivit, éparpilla tous ses compagnons aux quatre coins du cataclysme qu'il provoqua. Face à une telle démonstration de puissance, les Anges furent contraints de prendre leur envol et de maintenir une position stationnaire afin de ne pas être blessés. Une gigantesque énergie n'arrêtait pas de s'en dégager. Elle était si colossale, qu'elle en éradiqua à jamais, la totalité de la grotte et rasa les plaines et les forêts qui l'entourait, sur des centaines de lieues. Le souffle dévastateur de la puissance de l'Archange n'épargna aucune région aux alentours. Pendant que Lucifer récupérait ses pouvoirs, Stella lui tenait toujours la main. Belzébuth qui venait d'être expulsé hors du champ d'action de son cousin, luttait afin de revenir à son niveau et tenter de lui faire comprendre les enjeux qu'il y avait. Dieu pouvait dorénavant les repérer à cause du carnage qu'il avait produit.

Mais alors qu'il s'efforçait de rejoindre son cousin, il se rendait compte que désormais l'écart de puissance entre eux était phénoménale, et qu'il ne faisait aucun doute qu'il puisse un jour vaincre son père.

Alors que les secondes s'égrenaient, ses compagnons se posaient tous la même question :

- Comment ferions-nous si Lucifer venait à ne plus contrôler une telle puissance ?.
- Pour l'instant l'heure n'est pas au doute, mais il est vrai que personne ne devrait disposer d'un tel pouvoir.
Je comprends mieux les raisons de son père à lui cacher une telle puissance, cependant cela n'excuse pas ses actes.
Mais nous allons quand même nous efforcer de le

détruire ! Dit Belzébuth

Impuissant, les compagnons attendirent patiemment dans le ciel, la fin de ce calvaire. Il finit par s'arrêter une dizaine de minute plus tard. Assez longtemps pour éveiller les craintes de Belzébuth, afin que Dieu ne tarde plus à leur envoyer ses sbires et suffisamment pour offrir à ses amis une vision apocalyptique de terreur et de dévastation. Au centre de tout cela, Lucifer et Stella se tenaient debout. Alors que ses compagnons s'avançaient vers eux, une sensation étrange les envahit. Le regard des deux amants avaient changé. Quelque chose de profond et de déterminant se lisait dans leurs yeux. Belzébuth se tenait devant eux et leur fit part de ses nombreuses craintes. À la grande stupéfaction du groupe, la réaction de Lucifer fut très confiante et il leur intima une direction des plus inattendue :

- Maintenant qu 'Auréliel est en ma possession, les derniers objectifs avant la rébellion, seront de revenir dans la dimension des humains.
- Que dis tu ? S'exclame Azazel qui connaît particulièrement cet endroit.
- Ce n'est qu'une fois dans le monde des hommes, que leur soutien pour notre cause éveillera l'attention de certains Archanges, qui n'osent pas encore se révolter contre mon père.
- Les humains sont particulièrement instables et je suis certain qu'un aussi grand tacticien que toi, le sait parfaitement ! Intervient Azazel.
- Si nous voulons passer à l'étape suivante et qui n'en est pas des moins importante, nous devons par tous les moyens, réussir à nous créer un réseau de personnes qui saura nous soutenir, au cas où notre chute serait à envisager !

- J'espère que c'est une plaisanterie, tu n'as tout de même pas prévu notre chute !? Reprend Sariel.
- Et à quoi vous attendiez en vous en vous joignant aux côtés de Lucifer, rappelle Stella, Dieu n'est pas connu pour être quelqu'un de très indulgent, bien qu'il ait réussi à le faire croire à tous ces malheureux de la planète terre.
- Tout à fait et c'est bien pour cela que nous devons de suite, aller nous faire entendre dans le monde le plus croyant de tout l'univers, rajoute Lucifer.
- As tu des amis sur lesquels nous pourrons nous appuyer, une fois passés dans leur monde ?
- Durant ma longue croisade j'ai pu me faire un nom en aidant la plupart d'entre eux, mais le temps ne s'écoule pas de la même façon qu'au Paradis, alors en toute franchise, j'ignore ce que nous risquons de retrouver à mon retour parmi eux.

Cette franchise ne manque pas de rabaisser une fois de plus, le moral de ses compagnons, et de les plonger dans un doute des plus ambiguë. Aussi Stella intervient une fois de plus afin de les stimuler un peu.
Elle se glisse au milieu du groupe, puis elle débite un discours, qui attire immédiatement leur l'attention.

- Écoutez je ne vais pas y aller par quatre chemins.
  Nous ne vous avons ni supplié, ni imposé le choix de venir vous joindre à la rébellion que préparait Lucifer.
  Non ! nous vous avons juste offert une opportunité ; Celle de nous venir en aide, car vous même aviez subit les abus de pouvoir qu'infligeait Dieu.
  Mais à présent, je conçois que vous vous sentiez au pied du mûr, car Lucifer vient de vous exposer les risques qu'ils encouraient, si nous allions au bout de

cette guerre. C'est pour cela qu'aujourd'hui je serais le porte parole de Lucifer.

Jusqu'à ce jour, vous pouvez reconnaître que tous ses plans se sont passés comme il l'avait prévu, malgré certains incidents, nous n'avons heureusement subit aucune perte. C'est pourquoi, maintenant deux options s'offre à vous :

- « La première est que vous profitiez de votre liberté qui vous a été acquise grâce à Lucifer libre à vous de partir en espérant ne jamais recroiser les Archanges chargés de nous capturer.

Si par contre vous choisissez la deuxième, il n'y aura plus de retour possible, mais cependant vous aurez la liberté de vous battre fièrement pour un avenir que vous aurez construit de vos propre mains, avec votre propre sang, et certains, probablement avec votre propre vie.

Alors qu'allez vous choisir ? vivre chaque jour dans la peur qu'un jour, une fois de plus, on puisse encore vous appréhender et vous enfermer là où vous étiez... ou vous battre jusqu'à votre dernier souffle afin que les générations futures puissent avoir la chance de vivre et raconter notre légende ? ».

Le monologue de Stella suscita un regain de vaillance aux compagnons et des hurlements d'approbation accompagna ses paroles. Ils se regardèrent les uns les autres comme pour continuer de se stimuler, convaincus que mourir en laissant leur nom dans la légende était bien plus utile, que de vivre en se cachant dans la peur.

Ils se regroupèrent auprès de Lucifer, puis lui demandèrent comment ils devaient faire pour s'infiltrer sur terre.

Le jeune archange leur expliqua en détail, le portail dimensionnel et l'endroit où il se situait, c'est à dire dans le hall du palais de Dieu. Mais dorénavant plus rien ne pouvait les démoraliser car leur confiance envers leur compagnon était devenue inébranlable.

C'est avec la plus grande attention qu'ils écoutèrent les conseils avisés de l'archange afin de traverser le royaume sans être aperçu.

CHAPITRE XI

UN GESTE DIVIN

Pendant ce temps à plusieurs centaines de lieues, devant l'entrée de la vallée des maudits, plusieurs Anges ce sont mobilisés pour déblayer les décombres causés par la bataille entre les armées de Gabrielle et celles de Lucifer.

Alors qu'ils sont entrain d'enlever pierre après pierre, en cherchant sans grand espoir quelques survivants ainsi que la jeune femme qui avait été laissée pour morte durant leur combat, un léger éboulement de pierre suscite leur attention.

L'un des chercheur fait un appel à l'aide en voyant cette vision cauchemardesque. Ils se mirent ainsi à creuser avec prudence dans cet éboulis et au bout d'un certain temps, finirent par apercevoir l'extrémité d'une main de femme... en sang.

Rapidement et avec plus de précision, ils reprirent leur travail, débarrassant chaque centimètre carré de gravas qui la recouvrait, espérant que l'Ange à qui elle appartenait soit toujours en vie.

Quel ne fut pas leur étonnement lorsque sous l'amas de débris divers, ils découvrirent Gabrielle à l'agonie et inconsciente.

Quand elle parvient à ouvrir les yeux, la clarté de la lumière lui blesse la rétine, la contraignant de les refermer aussitôt. Elle réalise alors qu'elle est en vie et incapable de bouger tant ses bandes immobilisent tous ses membres. Allongée sur un lit très confortable de l'infirmerie du palais dont elle reconnaît les murs. Peu à peu, des fragments de sa mémoire lui reviennent. Soudain elle s'agite de tous côtés car les souvenirs de son combat contre l'Archange Lucifer la submergent. Vraisemblablement, il lui a laissé bien plus que des cicatrices en la laissant pour morte.

Elle réalise qu'il n'y a désormais plus aucune chance pour que celui ci puisse un jour l'aimer d'un amour aussi sincère que celui qu'il a envers sa sœur.

Après plusieurs flash-back de leur histoire la jeune femme éclate en sanglot, mais elle s'arrête très rapidement, car une visite inattendue se présente à elle.

– Seigneur ! Dit elle étonnée, que me vaut l'honneur de votre présence ?

– L'honneur, à ce jour est pour moi. Lui répond-il enjoué. Sincèrement ! Te battre contre mon propre fils qui se rebelle contre ma hiérarchie, équivaut à toutes les gratifications de ma part.

– Je suppose que vous n'avez pas fait le déplacement, dans le seul but de me voir dans cet état aussi pitoyable ? Demande Gabrielle après réflexion.

– Et bien, à vrai dire, il faudrait que je te parle de mes futurs plans en ce qui concerne mon fils. Mais cela peut attendre votre guérison définitive, dit il en commençant à se retirer

– Oh, maintenant que vous êtes ici, je n'ai rien d'autre à faire, vu mon état.

Cela ne pourra que me faire le plus grand bien de vous écouter ! Dit Gabrielle demandant à Dieu de rester encore un peu.

– Très bien, alors voici mes directives dès que vous serez sur pieds.

Je veux que vous et Michel, alliez sur terre pour aider les dirigeants les plus influents de cette planète, à étendre encore plus leurs territoire.

– Aucun soucis Seigneur, mais puis je vous demander dans quel but ?

– Connaissant bien mon fils, nous devrions avoir une petite visite de sa part dans très peu de temps, dans le seul but d'accéder au portail dimensionnel.

– Comment ! Mais alors il faut que je sois remise quand il fera sont apparition ! dit elle surprise par la révélation de Dieu.

– Surtout pas Gabrielle tu es une de mes Archange la plus puissante, mais malheureusement face à mon fils tu n'es pas encore prête, car tes capacités et ta résistance sont restreintes.

De plus, il vient de récupérer sont épée Auréliel. Alors crois moi, je t'assure que tu sauras vaincre Lucifer. Mais pas encore, car sa puissance et son intelligence à ce jour est largement au dessus de la tienne. Je suis désolé de te l'annoncer si brutalement.

La jeune femme hocha la tête, avec un léger goût amer en travers de la gorge, après les propos durs, mais réalistes que venait de lui exposer Dieu.

Elle baissa les yeux, puis une larme de découragement s'échappa, glissant discrètement sur sa joue.

Dieu ne manqua pas de la remarquer. C'est alors qu'une chaleur soudaine vint envahir le visage de Gabrielle. Une chaleur réconfortante, de celle qui vous met dans un état de quasi somnolence, de celle qui n'a pas besoin de savoir d'où elle provient pour en être appréciée, quand elle s'insinue en vous comme un nuage de coton apaisant.

Quand elle reprit ses esprits de sa réjouissance divine, elle compris que c'était le geste serein que venait de lui accorder

Dieu. Ce n'était qu'un simple geste. Une simple paume de main posée sur sa joue, et pourtant elle lui procura un bien-être comme elle ne l'avait jusque là, jamais ressenti.

Il est étrange parfois, comme une douce attention n'a pas besoin de parole pour la décrire. Cela en serait sans aucun doute... insultant.

S'attendrir par des attentions bien placées, au lieu de gâcher de vaines paroles, laisse comprendre à la personne qu'elle ne peut pas être dans le faux et ne voit que la bonté qui s'y reflète.

Gabrielle fut complètement obnubilée, par la suite des explications...

Dieu lui promis qu'au retour de la mission qu'il lui avait confiée, il lui ferait don d'un pouvoir qui la remettrait au niveau des capacités de son fils.

Elle ne put que le croire, car quand la main de Dieu s'était posée sur elle, elle avait éveillée pendant ce bref instant une sensation de puissance incommensurable.

Elle ne put qu'imaginer les possibilités infinies qu'avait à lui offrir son créateur, dont elle venait de découvrir l'infinité des pouvoirs.

Elle se surprit à sourire sarcastiquement, en s'imaginant les futures représailles qu'elle allait lui infliger avec le don que lui avait promis son Seigneur.

Puis, elle suivit ses conseils et se reposa pour la journée avant d'entamer sa nouvelle tâche.

CHAPITRE XII

LES SECRETS DE
LA NAISSANCE DE L'UNIVERS

Dans cette nuit particulièrement troublante, les ténèbres se sont établis dans le cœur de nos quinze aventuriers. Lucifer fait même part de sa grande anxiété, à ses compagnons de route.

Le temps n'équivaut à aucun calcul relatif et sensé pour l'être humain.

Au paradis, ce monde est tout simplement dans la logique de notre compréhension.

Un gigantesque trou noir où l'univers entier ne cesse de tourner.

À l'endroit ou à l'envers, selon le bon vouloir de Dieu.

Si par caprice, Dieu avait voulu que les rois de France persistent en mille sept cent quatre vingt neuf, il aurait envoyé un Archange les prévenir de l'imminente révolution qui se préparait et par là même, aurait donné les moyens aux monarques en place pour l'écraser, avant qu'elle ne prenne de l'importance.

De son siège, notre univers et notre planète n'est qu'un simple jouet entre ses mains, et il s'amuse la plupart du temps à en rectifier le destin à sa guise.

C'est la raison pour laquelle, à ce moment précis Lucifer n'est pas à son aise. Il ne sait absolument pas où il risque d'atterrir, à qu'elle époque et surtout dans quelles circonstances.

Si l'Archange Lucifer avait été créé aussi parfait par la main de son père, c'est tout simplement parce qu'il comptait sur lui pour être le porteur de lumière des humains et obtenir de lui l'aide nécessaire pour manipuler les hommes, de façon à changer leur avenir quand il le désirerait.

Soudain, il ralentit sa cadence... Une réflexion plus tenace l'interpella... Et si depuis tout ce temps, il avait fait exactement ce que son père attendait de lui ?

Plus il réfléchissait et plus les pièces de puzzle s'assemblaient parfaitement.

Alors que le groupe formé par ses compagnons continuait de cheminer en direction du palais, personne n'avait remarqué que Lucifer était resté à la traîne.

Personne, à part bien sûr Stella, qui ressentait comme son autre moi, qu'il était tétanisé. Quand elle fit volte face, elle le trouva immobile, dans un halo de réflexion impénétrable.

Elle tenta à plusieurs reprises de le réveiller, mais malgré tout ses efforts, elle n'avait aucun effet. Pourtant elle le sentait bien, car plus le temps passait dans cet état de pétrification, plus la souffrance de sa réflexion s'amplifiait et fusionnait avec elle.

Stella qui ne possédait pas le même quotient intellectuel que son compagnon, sa rapidité à analyser les différentes phases de ses péripéties, ne suivit pas du tout celle de son amant.

De ce fait, à peine la jeune fille eut-elle ressentit pendant quelques secondes l'effet de ses méditations, qu'elle fut plongée dans un coma transitoire.

Bezaliel la gifla violemment, ce qui la fit brusquement sursauter.

La totalité des Archanges ne comprenaient pas l'arrêt soudain qu'il venait d'y avoir dans leur cheminement. Ils se mirent à interroger Stella :

> – Que se passe t il ? Pourquoi s'est on arrêté si soudainement ?

- C'est Lucifer qui est comme pétrifié et muré dans des pensées impénétrables qui m'a fait tombé dans un semi coma pendant quelques secondes.
- Nous allons attendre qu'il sorte de sa léthargie.

Impuissants, ils attendirent patiemment que Lucifer finisse de réfléchir. Un très long moment passa, et quand il revint enfin à lui, il envisagea de donner des explications qui troublèrent ses compagnons déjà dérangés par son comportement des plus étrange.
Cela eut pour effet de les libérer de leurs suspicions dérangeantes.
Lucifer rassura les regards angoissés de ses amis et mit en œuvre une chronologie explicative de sa brûlante révélation.

À l'origine, il n'y avait rien... Sinon, le vide absolu de l'infini.
Commençant par le premier événement, qui selon lui, fut source d'un élément déclencheur, il conta l'histoire de deux êtres, naissant dans le noir du vide infini.
Créés par des particules de force astrale et de volonté pure, cherchant le salut.
Invoquant deux forces opposées dans un « big bang », afin que l'univers puisse jouir de la vie.
Les deux êtres se dirent frères, et se mirent alors à l'œuvre créant pendant des millénaires un équilibre géographique parfait dans le cosmos. Puis un jour, parmi les multiples mondes qu'avaient créés les deux dieux dans les nombreuses galaxies, ils décidèrent par ennui de donner la vie sur une planète qu'ils nommerait « terre », en concevant d'abord différentes espèces. Mais ils s'aperçurent très vite que leurs créations n'évoluaient plus alors ils détruisirent la première espèce dans une première apocalypse.

Quelques millions d'années plus tard, un claquement de doigt pour eux, certains que la planète ne serai pas trop hostile, le premier frère créa deux êtres à son image. De sexe opposés afin qu'ils puissent engendrer de futures générations. Il leur donna à chacun un nom. Adam pour l'homme et Eve pour la femme.

L'un des frère doutait, par jalousie, de la fiabilité de ces deux êtres fragiles qu'il nomma humain et en qui son frère avait une adoration particulière.

Il fit alors un pari avec celui ci, pour lui prouver que les humains n'étaient pas digne de sa confiance. Il les mit au défi et à sa grande surprise, ils échouèrent.

S'en suivi, la déception d'un père envers ses premiers enfants imparfaits.

Depuis ce temps, il leur donna une âme, une espérance de vie limitée. L'homme devra peiner pour nourrir sa famille et la femme enfanterait dans la douleur et se jura de les soumettre constamment à des épreuves, jusqu'au jour où l'un d'entre eux se détacherait naturellement de ses frères et se montrerait digne de siéger à ses côtés, pour faire un nouvel ordre... plus parfait... Il en était persuadé.

Le temps passa et les tests se multiplièrent.

Les rires moqueurs de son frère commencèrent à devenir agaçant, alors ils choisirent d'un commun accord de se séparer. Répartissant l'univers en trois dimensions parallèles.

Ainsi naquit le royaume du paradis sous le gouvernement du premier frère qui prit le nom de Dieu. Le deuxième royaume fut baptisé l'enfer, dirigé par le frère le plus ludique qui s'attribua le nom de Satan.

Malheureusement pour le troisième univers qui était le système solaire où gravitait le monde des humains, la confiance trop instable de Dieu, le contraignit à le faire surveiller et assister par des êtres qu'il jugea de créer plus prévisibles, tels les Anges créés de la main de Dieu et les démons de celle de Satan. Les investissant d'un but bien précis, tel qu'accompagner les humains par la manipulation de l'esprit.

Et ils firent encore le paris, de trouver celui qui devait être l'élu, le premier en s'emparant le plus rapidement possible d'âmes humaines.

Des millénaires passèrent et aucun humain ne reçu le privilège de s'asseoir aux cotés des Dieux. Lassé de ces humains en qui ils ne pouvaient avoir confiance, Dieu et Satan, d'un commun accord décidèrent de créer de leur chère, un être si puissant qu'il aurait pu les remplacer.

C'est ainsi que de la jambe gauche de Dieu et de la jambe droite de Satan, naquit Lucifer, d'une beauté, d'une force et d'une intelligence sans précédent.

L'histoire que venait de raconter Lucifer plongea ses compagnons qui écoutaient en silence, dans un état de réflexion profond. Mais Belzébuth qui était le fils légitime de Satan, se mit alors à se poser des questions sur les véritables origines de son cousin.

Ce que venait de lui révéler à l'instant Lucifer, était aussi la révélation d'un demi frère caché.

Un incompréhensible et bruyant brouhaha commença alors à s'entendre dans le groupe qui semblait ne pas accepter les dernières révélations de l'Archange.

- Peux-tu m'expliquer en quoi toutes ces histoires ont un quelconque rapport, avec les complots qui se trament sur ton dos, et en quoi cela va nous aider à avancer dans notre rébellion qui semble être soumis à l'échec le plus total ? Aboie Belzébuth.
- Tu sais que je suis généralement de ton côté, lui rappelle Stella, mais là, je t'avoue que suis complètement perdue dans toutes ces histoires qui s'emmêlent les unes avec les autres, et qui n'ont pas le

moindre petit lien, avec tout ce qui se passe en ce moment.

– Je vais vous expliquer n'aillez aucune crainte, dit Lucifer essayant tant bien que mal, de trouver les mots justes pour éviter d'aggraver d'avantage la situation.

– Ce que je veux savoir, c'est pourquoi ton père a cette haine infinie envers toi et quel lien il y a entre toi et mon père, que je n'ai jamais eu la chance de connaître ?

– Je ne sais pas si c'est de la chance, mais d'après mes calculs, mon père cherche à faire de moi un bouc émissaire dans une nouvelle apocalypse. Les seuls à être dans le secret, sont Satan et mon père..

Si je me fie à tout ce qui s'est produit depuis mon enfance, mon père a anticipé le moindre fait et geste que j'ai fait.

Tout d'abord, mon épée m'a été cachée depuis ma naissance à cause du pouvoir qu'elle pouvait me donner.

Quand j'ai parlé avec lui en rentrant de mon épreuve, il y a plus de dix ans de cela, il n'a jamais accepté le fait que je lui donne mon opinion sur l'injustice qu'il y avait sur terre. Cette façon qu'il avait de me répondre que tout ça faisait partie de son plan et qu'il fallait des hommes de pouvoir dans chaque dynastie.

Quand j'ai essayé de lui glisser un commentaire sur une vison différente, immédiatement après, nous nous sommes retrouvés tous les deux assaillis par son armée, afin d'être enfermés comme des insoumis.

– Mais qu'essaies tu de nous faire comprendre ? Demande Azazel dans l'incompréhension la plus totale.

– Tout simplement que le frère de mon père, Satan, avait prévu que malgré le fait que je sois le fils unique de Dieu, jamais il ne m'aurait laissé.

Chaque événement aussi cruel soit il, chaque épreuve subie en étant certain de penser que j'étais du côté de mon père, n'ont fait que me prouver la simple vérité, celle que mes gênes et les tiennes Belzébuth sont bien plus reliées à Satan qu'à celles de Dieu.

– Quoi !s'écrie le groupe en chœur.

– Il n'y a qu'à se pencher sur mes pouvoirs.

Ma source d'énergie est le feu ! Je me nourris de flammes !

– Et cette faculté que tu as de décupler ta force quand tu es avec Stella ? comment l'expliques tu alors ? Questionne Bezaliel

– C'est justement là notre pièce maîtresse , car ayant aussi des gênes de Dieu, mes actes peuvent être parfois imprévisibles.

Ma puissance et ma volonté résident dans l'amour que je porte envers un être aussi pur que l'Ange dont je suis tombé éperdument amoureux.

– Stella !... Dit Belzébuth logiquement.

– Exactement !

Je pense que ce complot qui s'est formé contre moi, n'est finalement pas venu d'une seule source ! Une autre force veille à ce que notre rébellion puisse se passer sans soucis ! Dit Lucifer dans une logique qui paraissait de plus en plus probable dans l'esprit de chacun.

– Du coup, je suppose que tu penses en ce moment à mon père ! Cela devient effectivement beaucoup plus plausible.

Tes pouvoirs se nourrissent de flammes et aucun des Archanges de notre dimension ne possède un tel pouvoir.

À part Satan, le fameux roi des enfers, ajoute Belzébuth ne pouvant qu'approuver la théorie de son cousin.

– Bon ! Alors c'est quoi la suite des événements ? Demande Azazel impatient de connaître la conclusion à toutes ces histoires.

–   Étant donné la tournure que notre rébellion commence à prendre, pour moi, l'élément le plus important de notre équipe est Stella ! Dieu ne voudra jamais la laisser à mes cotés. En captivité, elle demeure pour lui un danger trop imprévisible dans ses futurs projets.

Je donnerais ma main à couper qu'en cet instant, Gabrielle que j'ai épargné volontairement lors de notre dernier combat, a été retrouvée par les soldats du palais et a probablement été confrontée à un lavage de cerveau dont mon père a le secret.

Fragile comme elle était la dernière fois qu'on s'est vu, cela n'a pas dû être bien difficile pour lui de l'embarquer dans une de ses nouvelles requête aussi ignoble soit-elle !

–   Nous devons impérativement la sauver ! Supplie Stella en empoignant brusquement la main de Lucifer.

–   Je te promet que nous ferons tout notre possible pour la ramener à notre cause, mais pour le moment, je crains que ce soit un suicide pur et simple si nous tentions de communiquer avec elle !

Non, pour l'instant nous ne devons sous aucun prétexte nous écarter de notre mission prioritaire telle qu'elle était prévue dès le départ.

Ensuite viendra l'heure des règlements de comptes entre mon père et moi.

Mais pour cela nous devons rester lucide et prévoir en permanence plusieurs coups d'avance ou notre échec sera définitif lors de la bataille finale.

N'oublies pas que pour mon père tu restes sa cible principale, car sans toi tout ceci n'aurait pas de sens à mes yeux

Cette déclaration aussi soudaine était comme elle les aimât et allait droit au cœur de la jeune femme. Ils se tinrent la main et ne se lâchant plus du regard, continuèrent leur chemin en direction du palais.

Si le doute s'était provisoirement installé durant leur trajet, leur objectif quand à lui ne s'en ressentait pas. Ils n'avaient qu'une hâte ; en finir une bonne fois pour toute avec tous ces complots et toutes ces machinations qui paraissaient de plus en plus sombres. Ils n'eurent pas vraiment le temps de se pencher sur le sujets bien longtemps pendant leur cheminement, car les murs de l'enceinte du palais apparaissaient déjà devant eux.

Un soupir de soulagement, puis ils se tournèrent vers leur meneur qui leur fit signe de garder le silence. L'un après l'autre, ils escaladèrent rapidement la bâtisse de l'aile ouest du royaume. Pendant ce temps, Lucifer et Belzébuth s'étaient séparés chacun de leur coté afin de neutraliser les deux tours de guet voisines. Une fois la voie libre, ils rejoignirent leurs compagnons afin de s'aventurer dans la partie que Lucifer jugeait être la plus indiscrète « le jardin du palais » qui menait directement au hall.

Les Anges voulurent s'avancer en tête, mais Lucifer les arrêta aussitôt en leur faisant signe de regarder attentivement autour d'eux. Effectivement, une dizaine de soldats effectuaient leur tour de garde.

Notre jeune intrépide fit signe à son cousin ainsi qu'à Azazel, Samyaza et Remiel de le suivre, afin qu'ils puissent se débarrasser discrètement des gardes qui leur faisaient obstacles. Dans un premier temps Belzébuth se fondit dans l'ombre, en se rapprochant suffisamment près des deux premiers gardes, les agrippa fermement chacun par la mâchoire, les empêchant ainsi de crier et d'un geste sec et précis, leur brisa la nuque, dans une parfaite synchronisation.

Azazel quant à lui, s'invita progressivement dans la ronde que faisait sa future victime et ce n'est que lorsque que celui ci s'aperçut qu'il avait de la compagnie, qu'il le priva de la parole en collant sa main sur sa bouche, lui subtilisa son épée et l'utilisa contre lui, le transperçant de part en part.

Samyaza et Remiel, pour cette mission se mirent d'accord afin d'effectuer un duo, et décidèrent de s'attaquer aux trois soldats qui montaient la garde devant le hall. Chacun d'eux se posta sur une aile différente afin de les prendre par surprise. Alors qu'ils s'apprêtaient à porter le coup de grâce aux deux premiers veilleurs, la lame d'une épée brisa leur élan en venant se glisser dangereusement sous la carotide de Remiel.

- Je vous attendais ! Dit une voix dans l'obscurité.
- Samaël ! Annonce Lucifer en faisant une apparition inattendue derrière le dos de l'assaillant et brandissant à son tour son épée près de la gorge de celui ci.
  Justement, moi aussi je t'attendais !
- Je vois que tu as toujours un coup d'avance ! Lui fait remarquer l'Archange avec nettement moins d'assurance dans la voix.
- Détrompes toi ! ce n'est pas un mais une centaine que j'aurais sur vous !
  Chaque geste, chaque parole, chaque expression que vous croyez pouvoir vous transmettre sans que je puisse m'en apercevoir est peine perdue, car j'anticiperais la totalité de vos intentions.
- Ah oui ! Et celle de Dieu ? as tu la même prétention à son égard ?
- Si tu n'as pas encore la gorge tranchée au moment où je te parle, c'est parce que je l'ai décidé et aussi pour essayer de te convaincre de rejoindre notre armée.
- Quelle armée ? Se moque Samaël. Tes quatorze fidèles ? Mais qu'en seront-il le jour où viendra l'inévitable guerre qui réuniront les tiennes et celles de ton père ? Moi je te parle d'une armée de plus d'une centaine de millions d'Anges !

– La quantité ne suffit pas dans une partie aussi serrée que celle là mon cher Samaël ! Dit Lucifer, ce qu'il nous faut avant tout, ce ne sont pas des soldats sans âme et sans intelligence, mais des Anges et des Archanges qui ne seront sous l'autorité d'aucune hiérarchie.

Ce que je veux Samaël, ce n'est pas de ridicules guerriers prêts à mourir pour un seul être. Non, ce que je souhaite ce sont des amis prêts à me suivre jusqu'au dernier.

– Pourquoi as tu évoqué l'histoire des événements actuels comme une partie de jeu ? Interroge Samaël.

– Ce serai bien trop long à te l'expliquer, mais cette conspiration envers moi et cette guerre ont été élaborées depuis des décennies, par mon père et son frère.

– Sont frère ! Comment ! Tu essaies de me faire croire que le légendaire roi des enfers... Satan serait à l'origine de toute cette folie ! s'exclame Samaël, affolé par les révélations que venaient de lui faire Lucifer.

– Oui et désolé de te le soumettre ainsi, mais si nous voulons contrer les plans méthodiques de mon père et de son frère, nous allons devoir emprunter la porte pour traverser.

Crois moi, une fois de retour, je serais ravi de te donner de plus ample précisions sur cette conspiration sans fin ! Ajoute Lucifer.

– Je vais vous laisser traverser, tu m'as convaincu, mais je te promets, que dans pas longtemps, tu me verras te rejoindre accompagné d'un soutien d'Anges et d'Archanges de confiance et prêts à suivre ta cause ! Lui affirme Samaël, la main sur le cœur, après quelques secondes de réflexion.

– Merci Samaël, et n'oublie pas une chose, ce qui fera notre force le jour J, ce ne sera pas le nombre de sabres qui seront pointés face à eux, mais la force obtenue grâce au nombre de liens d'amitiés qui les auront forgés, conclut Lucifer en faisant signe à ses amis de le suivre afin de traverser ensemble le portail.

Sous le regard soucieux de Samaël, l'équipe de l'Archange s'introduisit dans un rayon flou qui peu à peu estompât leur silhouette. Stella qui sentait l'inquiétude qui enveloppait l'âme de l'Ange, jeta un dernier regard de soutien au jeune homme, afin de rassurer sa conscience que rien ne pouvait troubler son voyage imprévisible.

CHAPITRE XIII

UNE RECRUE PROVIDENTIELLE

Cependant, du coté EST du palais, la petite escapade nocturne des Archanges n'est pas passée inaperçue et l'Archange Michel se doit d'en référer à Dieu en personne qui ne paraît absolument pas surpris. Il le confie même à son fidèle et plus redoutable soldat.

Il demanda au garde qui surveillait l'entrée de la salle de prendre congé. Discrètement Dieu fait part d'une requête à Michel et fit entrer Gabrielle qui n'était visiblement pas encore remise de ses blessures.

La première chose que l'Archange Michel s'empressa de faire, ce fut de lui faire part de ses plus sincères respects, bien que, sachant personnellement, le duel qu'elle avait dû faire avec Lucifer et qui s'était soldé par un cuisant échec pour elle. Échec qu'elle avait trouvé indignant. Mais la jeune femme est un soldat et d'un air agacé, elle stoppa net le soutien embarrassant qui se passait de plus, devant leur chef.

Elle présenta ses respects à Dieu et l'interrogea sur les raisons pour lesquelles il l'avait convoqué.

– J'aurais aimé connaître le but pour lequel vous m'avez sollicité Seigneur ? Demande Gabrielle, encore épuisé par ses blessures.

– La raison est très simple, lui confie Dieu.

À l'instant où je vous parle mon fils a commencé de rallier certains des Anges qui vous sont particulièrement proches !

– Comment cela a pu se faire ? demande Michel intrigué.

Nos soldats ont toujours eu toute ma confiance, en ce qui me concerne !

– Je comprend ton désarroi Michel mais les faits sont qu'au moment où je vous parle, une guerre est imminente.

C'est la raison pour laquelle, Gabrielle a reçu il y a quelques jours, mes instructions en ce qui concerne cette rébellion.

– Et qu'en est-il ?

– Elle t'expliquera cela plus tard ! Pour l'instant, la seule chose que je veux que vous fassiez, c'est de réunir les Archanges les plus puissants du palais et former une équipe qui se chargera d'entraîner tous les Anges tenus d'être de notre coté !

– Doit-on vraiment en venir là ? Demande Michel.

Après tout, ils ne doivent être qu'une petite vingtaine à vouloir se révolter contre votre autorité !

– Crois moi ! Intervient Gabrielle.

Si Lucifer à réussi à se fournir ne serait ce qu'une vingtaine de soldat, il faudra s'attendre à envoyer la totalité de nos soldat.

Cet Archange que j'ai pu observer depuis sa plus tendre enfance, et qui est doté d'une intelligence et d'une force illimité, possède une puissance quasi illimité, surtout depuis que Stella est à ses cotés.

Je ne sais d'où vient cette symbiose entre ces deux là, mais il suffit que l'on s'en prenne à elle, pour que son niveau d'énergie augmente d'une façon exponentielle !

– Oui et ce que Gabrielle a omit de te dire, c'est que tu as certainement dû ressentir une puissance considérable ces derniers temps, détruisant même, jusqu'à plusieurs terre aux alentours ! Fait remarquer Dieu.

- Effectivement, quelle en est la raison ? Questionne Michel, soucieux d'entendre la réponse
- Eh bien, as-tu déjà entendu parler de « Auréliel » ?
- Vaguement on dit que cette épée serait l'épée du roi des enfers !
- Pas tout à fait !
  En fait, c'est une épée née de la chair de Lucifer.
  Satan quant à lui, il lui a offert une grande partie de ses pouvoirs et quand je parle de pouvoirs, je te parle d'une épée capable d'un simple coup de lame de décimer le royaume entier si son propriétaire en avait la force de lui demander ?
- Oh non ! Mais qu'est ce que c'est que cette histoire encore ?
- Et ce n'est pas tout, ajoute Dieu, il y a encore un détail très important dont vous devez me promettre de conserver à tout jamais le secret ! Dit il sous les yeux attentif et préoccupés des deux Archanges.
  Auréliel n'as pas été créée simplement pour sa capacité considérablement de destructrice, mais elle a aussi la possibilité d'ouvrir la porte dimensionnel entre le paradis et les enfer ! Et par définition, libérer tous les démons que Satan à créé ces derniers millénaires.

- Je vous demande pardon ! Mais là je crois que je n'ai pas bien saisi la fin de vos explications ! S'écrie Gabrielle qui est visiblement horrifiée par les révélations de Dieu.
  Mais comment une telle abomination a pû être créée, sachant que nous savons personnellement tous, au paradis comme dans le royaume du bas, que Lucifer est

votre fils unique !

— Eh bien, je suis au regret de vous dire que ce n'est pas tout à fait le cas.

Malheureusement, Lucifer est le fait d'une création beaucoup trop ambitieuse.

Conçu de ma chair et de celle du roi des enfers qui n'est autre que mon frère ! Cela, je pense que vous l'aviez deviné depuis bien longtemps, je me trompe ?

— Cette fois ci les enjeux sont de taille ! Que vous soyez ou pas le frère de Satan, dit Michel, peu importe car nous perdons notre temps à discuter des formalités historiques que nous connaissons tous, pendant que, si j'ai compris, sa notoriété d'ici quelques semaines devrait le mettre à la tête d'un bataillon suffisamment important pour qu'on y prête attention et qu'on s'y inquiète sérieusement !

— Le seul choix raisonnable qui s'offre à nous maintenant, c'est de former la plus incroyable des armée pour y faire front le jour J ! propose Gabrielle.

D'un hochement de tête Dieu donna carte blanche aux deux Archanges.

Michel et Gabrielle, chargés de leur lourd secret, sortirent de la salle et se séparèrent, prenant des directions opposées afin de mener à bien la mission que leur avait confiée leur mentor.

Leurs instructions étaient claires :

Former le plus grand régiment jamais encore réalisé.

Pendant que Gabrielle se prépare à mettre en pratique ses nouveaux ordres, Dieu interpelle Michel tout juste avant qu'il ne sorte du palais et lui fait part de ses craintes et de ses tourments envers Gabrielle.

L'archange surpris, ne manque pas de retourner la question à son créateur.

C'est alors qu'il lui fait part de but en blanc, du triangle amoureux qu'il n'a pas manqué de remarquer et qui semble s'être installé depuis un certain temps, entre Lucifer, Stella et Gabrielle.

Abasourdi par cette révélation, l'Archange semble plus intéressé que sur les premiers instants, et demande au Seigneur ce qu'il peut attendre de lui à ce sujet.

Alors, Dieu dans la plus grande fourberie, gratifie Michel, puis l'investit d'un ordre parallèle à celui qu'il venait de lui donner juste avant.

Les yeux rivés sur ceux de son meilleur guerrier, Dieu contraint Michel à surveiller dans la plus grande discrétion, les nouveaux agissements de sa consœur, car il craint que la défaite récente qu'à subit la jeune femme et l'amour qui la tient toujours enchaîné à ses jugements envers Lucifer, soit une source de problèmes de dernière minute, le jour où la guerre éclatera.

Tourmenté par les prédictions de Dieu, l'Archange fit un signe de tête en signe d'asservissement, acceptant cette recommandation de dernière minute, puis il sortit, l'esprit chargé de l'importante mission supplémentaire qui lui avait été confiée au tout dernier instant.

Le paysage est lugubre et dépourvu de vie.

L'air laisse transpirer une odeur de mort et chacun le découvre tour à tour, au fur et à mesure qu'ils arrivent dans le monde des humains, traversant la barrière avec appréhension.

- Mais qu'est ce que c'est que ça ? Demande Turiel.
- Je n'en sais rien du tout ! Répond Lucifer.
  Le monde tel que je l'avais quitté il y a plusieurs années de cela n'était pas dans un tel état !
- J'ai comme l'impression que Dieu t'a devancé dans cette partie du jeu, dit Stella tout en s'attirant les regards de ses amis.
  Enfin ! c'est vrai ! Regardez un peu autour de vous,

c'est quoi cet univers ? La mort et l'esclavage en sont imprégnées dans chaque coin de terre !

Puisant dans la misère, la faucheuse avait emporté les souvenirs encore immaculés de l'Archange. Cependant, dans une ambiance aussi lugubre, que sale et pauvre, les Anges se mirent immédiatement en route afin rencontrer l'un des habitant de cette région, qui pourrait leur donner des explications sur cette vision d'horreur.

Leurs pas les menèrent dans une modeste bourgade, où ils se hâtèrent de visiter les environs.

Le village disposait d'une petite église, entre des maisonnettes de campagne au toit de chaume et des étales de forgeron.

L'endroit paraissait paisible et pesant à la fois.

Stella sentait bien que quelque chose n'allait pas dans cette ambiance. Elle leur proposa donc, de s'orienter plutôt, vers une maisonnette qui l'attirait particulièrement.

Quand ils se trouvèrent devant la barrière de bois usé qui faisait office de limite de terrain, elle aperçut à quelques pas, une jeune fille, le cœur à l'ouvrage, travaillant sa terre, munie d'un vieux râteau.

Le soleil se trouvait face à elle, mais mettant sa main devant ses yeux afin de se protéger du soleil, elle n'eut aucune difficulté à voir qu'un grand nombre de personnes se présenter devant sa demeure. Elle s'avança cependant d'un pas décidé, le visage presque jovial.

- Finalement !cela fait maintenant plusieurs années que je vous attendais ! Annonce la jeune fille le sourire apaisant.
- C'est bien ce que je pensais, dit Stella, cette jeune fille a communiqué avec un Archange !
- Comment ? Tu l'avais ressenti dès notre arrivée dans ce monde n'est ce pas ? Demande Lucifer

- C'est exact ! Cette fille a quelque chose de saint et de pure en elle ! Elle arrive à nous voir tel que nous sommes !
- Cela dit, nous ne savons toujours pas son nom. Peux-tu nous le dire ? Demande Arakiel
- Mon nom est d'Arc... Jeanne d'Arc répond la jeune fille émerveillé par ses nouveaux visiteurs. Si je puis, vous voudriez bien accepter mon invitation, j'en serais la plus heureuse...

Les Archanges s'invitent alors en toute confiance.
Une fois à l'intérieur, Jeanne leur propose de s'asseoir autour d'une table en pierre, visiblement construite et taillée à la main.
Elle leur avance un parchemin qui semble avoir était écrit en énochien. Lucifer examine de près cette missive et sans le moindre doute, il reconnut l'écriture de Michel.
Alors survient un grand nombre de questions que la jeune fille ne refuse pas de s'y soumettre, bien au contraire.
Dans ce contexte, elle leur expliqua, qu'un dimanche, alors qu'elle était entrain de prier à l'église habituelle où elle allait, un Archange s'était présenté à elle, lui expliquant qu'au prix de sa propre vie et de son dévouement envers son pays, avec ses instructions elle sauverait la France de l'occupation anglaise.
Au prix de sa vie ! Cette phrase venait de jeter un froid saisissant dans le cœur de chacun des Archange.
Puis Lucifer eut un sourire intentionnel qui ne manqua d'être observé par Jeanne, qui lui en demanda la raison.

- Tu ne trouves pas cela étrange, que la France soit en ce moment même dans le chaos le plus total ? Comment se fait il que les rois de cette époque savent comment frapper ? Où frapper ? Et surtout... quand ? Fait part Lucifer.
- Que voulez vous insinuer ? Demande la jeune fille

intriguée par les révélations soudaines de l'Archange.

- Ce que j'essaie de te faire comprendre, c'est que mon père a dû envoyer Gabrielle peu de temps avant l'occupation des anglais, afin qu'ils puissent s'établir dans le territoire des français sans le moindre soucis, et leur offrir l'opportunité d'avoir encore plus de pouvoir.
Ensuite, il s'est amusé à envoyer l'Archange Michel, afin de leur découvrir miraculeusement, une héroïne à la fleur de l'âge, encore vierge, donc considérée comme une sainte et une personne au cœur pure, parmi les villageois et les roi de ce pays.
À l'époque où nous sommes tombés, cela risque fort probablement, une fois le pays sauvé, interpréter tes dons prophétiques comme un signe de sorcellerie.
Quand cela arrivera, et crois moi cela va arriver, ce sera sur le bûcher que tu finiras !
- J'ai foi en mon Seigneur et en ses Archanges, alors je sais très bien comment tout cela finira. Mais on se souviendra des années plus tard de mon nom et du jour de ma mort.
Je serai comme l'une d'entre vous une sainte ! Leur répond Jeanne.
- Ce pays n'a que faire des héroïnes, tu seras dans la légende avec tant d'autres, puis oubliée...

Désolé autant qu'agacé par son entêtement, Lucifer fait signe à ses amis de se retirer, mais avant de s'en aller il lui confie qu'en dessinant un symbole en forme d'étoile suivit d'une prière à formuler, elle ferait appel à lui, au cas où, un jour elle s'en ressentirait le besoin.
Elle le remercia, puis ils reprirent la route, découragés par ce qu'il venaient d'entendre.
Ils traversèrent plusieurs villages et tous sans exception étaient ravagés par la souffrance et l'horreur qu'avait pu engendrer

cette guerre.

Les compagnons de route de Lucifer, sentirent la colère monter peu à peu dans l'esprit de celui ci. Un sentiment de culpabilité l'envahissait désagréablement, comme si son père, avait intentionnellement donné de tels ordres afin qu'il en tire une certaine leçon à sa manière, mais qui pour Lucifer, n'en était que plus déraisonnable assurément.

CHAPITRE XIV

LA COLERE DE LUCIFER

Alors que le trajet jusqu'à lors était d'un calme profond, une petite fille surgit soudainement en courant. Elle s'écroula aux pieds de l'Archange, hurlant de toutes ses forces qu'on lui vienne en aide. Lucifer se pencha sur elle puis regarda au loin.
Il aperçut alors une milice entrain de saccager et de brûler son village. La petite tremblant de peur, s'agrippa à sa jambe aussi fortement qu'elle le pouvait, puis elle implora l'Archange et son groupe, d'aller les empêcher de faire du mal à sa mère et tuer le reste de sa famille qui était prisonnier des flammes dans leur propre demeure.
Stella prit rapidement l'initiative de rassurer la petite fille puis la mit dans un coin isolé, en lui ordonnant d'attendre.
Immédiatement après le groupe se lança dans le village en sabrant le corps de tous ceux qui avaient la malchance de se trouver sur leur passage. Pendant que Remiel, Samyaza, Armaros, Shamsiel et Bezaliel se lancèrent dans le cœur de la bataille afin de faire diversion.
Le reste du groupe se contenta de se poster devant toutes les entrées principales du village de façon à repousser tous ceux qui essaieraient de venir en aide aux assaillants.
Quant à Lucifer, accompagné de Belzébuth, Stella et Azazel ils se mirent sans plus attendre à aller au secours de la famille de la petite paysanne.

Devant eux, ils aperçurent une dizaine de soldats entrain de martyriser des femmes ainsi que des enfants.

Les yeux de Lucifer virèrent au rouge en voyant un tel désastre, Stella le ressentit de suite mais elle aussi, attristée de voir une telle scène d'épouvante, ne voulut en aucun cas le résonner. Bien au contraire, elle lui lança une vague de son énergie, pendant que dans sa course d'un claquement de doigt il fit apparaître dans un tourbillon de feu la légendaire épée Auréliel. Une fois en mains, il frappa dans le vide un coup de lame puissant qui cracha une fulgurante et destructrice onde de flammes, qui carbonisa instantanément tous les ennemis qui se trouvaient sur sa trajectoire. Mis à part bien évidemment, les pauvres paysans que Stella avait pris soin de protéger dans une bulle d'énergie... synchronisation parfaite avec l'attaque de l'Archange.

Pour la suite des événements, c'est Belzébuth qui se rua sur la porte d'entrée de la maison de la petite fille, dégainant d'un geste automatique son épée, avec laquelle il para une vulgaire attaque de désespoir du groupe de cinq hommes qui s'étaient fait surprendre dans leur carnage inhumain. En parant le coup du premier soldat, il l'attrapa par le casque de son armure et le propulsa rageusement contre le second soldat qui tentait de lui venir en aide. La force de son dégagement fut si puissante qu'ils en traversèrent plusieurs pans de mur avant de périr naturellement sous la violence du coup.

Les trois autres dont l'un était quasiment dévêtu en regard de l'horreur qu'il s'apprêtait à faire aux femmes et aux filles de cette famille, tremblaient de peur, ayant compris à quel type de puissance ils allaient devoir affronter.

Le soldat qui était à moitié déshabillé se refusa à combattre l'archange et prit lâchement la fuite en s'élançant dans le trou qu'avait causé Belzébuth en éjectant les deux soldats précédemment. Mais un tel crime dans l'esprit de nos amis se paye uniquement par la vie, et c'est à la sortie de l'issue qu'il croyait franchissable que la mort l'attendait. Il sentit un corps étranger le traverser de part en part à une vitesse telle, qu'il ne put voir le visage d'Azazel qui l'attendait impatiemment de l'autre coté. Ce n'est qu'une fois la lame retirée de son corps que ses pupilles complètement dilatées indiquant que la flamme de sa vie s'éteignait, qu'il entre aperçu dans un flou épais, la silhouette de son exécuteur.

Il ne restait plus que deux antagonistes, tremblants de peur et refroidit par l'angoisse d'être leur prochaine victime. Ils s'emparèrent lâchement tous deux dans un dernier recours de deux femmes de la famille, l'épée prêt de leur gorge et leurs mains tremblantes pour la suite des événements. Belzébuth et Azazel avancèrent d'un pas afin analyser la réaction des deux hommes prisonniers de leur peur. Comme ils s'en doutaient, les soldats appuyèrent d'avantage au coin de la carotide de leurs captifs, intimant aux deux anges de reculer où ils mettraient leurs menaces à exécution. Reculant pour se coller peu à peu contre le mûr derrière eux. Soudain, voilà que sorti de nulle part, deux mains traversent brusquement le mûr, empoignant avec fureur les deux soldats par la nuque, puis les expulsèrent avec une force inouïe, hors de la maison. Se retrouvant nez à nez avec ce justicier en état d'irritation, le regard plus saignant et plus profond que jamais. Bien qu'ils le supplièrent de leur laisser la vie sauve, le verdict pour leur aberration tomba comme un couperet, la gorge aussitôt tranchée par Auréliel. Puis Lucifer la fit disparaître comme elle était venue, dans un claquement de doigt accompagnée de son cheminement de feu.

Mais le combat n'était pas encore terminé. Belzébuth rappela au groupe que le reste de leurs amis était entrain de retenir les soldats anglais essayant de pénétrer par tout les moyens dans le vieux bourg.

Lucifer fit un signe de tête à son cousin, puis suivit de Stella, ils s'envolèrent suffisamment haut, afin d'avoir une vue d'ensemble convenable de leur champ de bataille.

La jeune femme puisant dans ses limites donna à son compagnon une fulgurante poussée d'énergie. Lucifer demanda à Stella de protéger toutes les personnes innocentes par un de ses bouclier défensif, et ce n'est qu'une fois l'ordre exécuté, que l'Archange se mit à faire des signes, habilement avec ses doigts, terminant sur un, semblable à une forme triangulaire.

Comme il terminait ce dernier signe, une pesante atmosphère s'installa dans le champs de bataille et subitement après, un violent vent de feu souffla si fort qu'il réduisit en cendre toutes les personnes que Stella n'avait pas protégées. Le souffle brûlant continua pendant plusieurs minutes, paraissant être des heures pour les soldats qui subissaient des brûlures mortelles, les carbonisant.

L'étendue de son action fut limitée par la jeune Archange, qui commença à sentir que Lucifer n'arrivait plus à refréner ses pulsions et sa haine qui grandissait à chaque fois qu'il voyait un visage de ces hommes hurlant à l'agonie et brûlant, jusqu'à devenir un tas de cendres.

- Il suffit ! Crie Stella à l'Archange.
- Ça suffira quand le dernier de ces barbares assoiffés par le plaisir de faire le mal à ces humains innocents sera mis totalement hors d'état de nuire ! Répond Lucifer en insistant d'avantage sur la portée de son pouvoir.
- Regarde moi Lucifer ! Implore la jeune femme.

Elle obtient malgré tout son attention et il en résulte un regard si noir et des yeux si persécuteur que Stella ne put s'empêcher de montrer des signes peur.

C'était assurément la toute première fois, envers cet Archange qu'elle aimait depuis son enfance, depuis le tout premier regard déposé dans ses yeux. Si profond, si doux et un peu perdu... mais ce qu'elle y voyait actuellement l'horrifiait ! Alors elle saisit doucement son poignet, des larmes coulant le long de ses joues.

- Je t'en supplie Lucifer !
  Ne soit pas à ton tour l'esclave des machinations de ton
  père !
  Je sais que j'ai perdu depuis longtemps l'enfant que
  j'avais rencontré dans ce champ qui avait fleuri par la
  douceur de notre amour certain, mais je n'ai pas envie
  de perdre l'Archange qui porte en lui le poids de la
  justice et l'évidence de notre destin a tous !
- Mais toute cette injustice, cette hiérarchie imposée sur
  ces êtres humains !
  Cela mon amour, je ne la supporte plus ! Avoue le jeune
  homme en percevant la peur gagner l'esprit de Stella.
  Ne me regarde pas avec cet esprit, j'essaie d'établir
  l'équilibre entre sa justice et la mienne !
- Lucifer ! Je ne pourrais pas tenir encore plus
  longtemps !
  Alors calme toi, je t'en supplie, pour notre amour, pour
  cette mission et pour que ces hommes ne te voient pas
  comme l'abjecte créature qu'essaie de construire ton
  père ! Lui lance t-elle. Si tu te laisses submerger par la
  haine et la colère tu ne seras plus l'Archange capable
  d'influencer le bien sur le mal, et tu ne seras que la
  bête ! dit elle en serrant violemment son poignet, afin
  qu'il puisse prendre conscience et se délester de sa
  colère, déplaisante et dangereuse pour chacun du
  groupe.

Malgré tous les défauts constatés par Stella et reconnus par
Lucifer, l'Archange lui fit comprendre qu'il n'arrivait
bizarrement plus à freiner ses pulsions.
Stella implorait le ciel de lui venir en aide, quand elle fut prise
d'un malaise énergétique dû aux trop grands pouvoirs de son

compagnon.

Soudain, une droite phénoménale atteignit le visage de Lucifer, le propulsant dans un champ proche.

Avant que la jeune femme ne s'écrase d'épuisement au sol, elle fut rattrapée par son sauveur inattendu. Elle eu juste le temps de le regarder une fois, avant de reconnaître le visage de Samaël et de s'évanouir.

Lucifer se releva dans un profond silence de paix mais aussi d'incertitude dans les intentions. L'Archange sentit ces coups résonner et se déplaça instantanément auprès de Stella qu'il découvrit épuisée dans les bras de Samaël.

La tête baissé accablé de honte, l'Archange se retira dans les airs.

Son cousin qui venait tout juste de rejoindre le reste du groupe, le supplia de rester tentant de saisir son bras, mais Samaël l'arrêta d'un geste et lui fit signe de le laisser réfléchir à tout ça.

Tant de vies sauvées et pourtant aucune d'entre elle n'exprimait la joie dans ces affranchis.

Peu à peu les paysans sauvés par les Archanges se réunirent autour du groupe et de Stella, en lui caressant le visage contre toute attente, puis la récupérèrent en l'ôtant des bras de Samaël et la conduisirent dans une des maisons qu'on pourrait estimer, être leur sanctuaire de paix.

Ils étaient entrain de lui poser une serviette d'eau froide sur le front, quand revint la petite paysanne que Stella avait cachée durant le combat.

Son visage reflétait la peur et la compassion pour cette Archange qui avait pris soin d'elle, et juré de sauver sa famille, au péril de sa propre vie.

Elle s'approcha à petits pas du corps allongé et agonisant de la jeune femme, puis sous le regard stupéfait de chacune des personnes s'évertuant à la sauver, elle déposa un simple baisé sur son front laissant couler une larme qui se répandit sur l'archange. Elle lui exprima au creux de l'oreille, ses plus vifs remerciements pour avoir tenue la promesse qu'elle s'était engagée à accomplir.

Les villageois effectuèrent alors, chacun à leur tour, le même rituel que la petite paysanne qui s'était réfugiée juste après, dans les bras de ses parents, heureux de pouvoir encore se serrer les uns contre les autres, avec autant d'affection. Cependant, le père de la petite fille, une fois le calme installé, quémanda la présence de l'homme qui venait de tous les sauver. Les Archanges se regardèrent en ne sachant quoi répondre, mais Samaël prit les directives en leur expliquant la situation de façon à ce que les habitant de ce village puissent la comprendre, en évitant les détails.

- L'homme qui à fait en sorte que vos vies soit épargnées se nomme Lucifer. Malheureusement, c'est un homme qui a très vite l'esprit tourmenté, quand il a enlevé des vies.
- Ce jeune homme est plein de noblesse, si vraiment ce que tu nous dis est le cas ! Dit un villageois, mais en toute franchise quelle sorte de créature êtes vous ?
- Afin de vous rassurer, nous ne sommes en aucun cas des créatures ! Intervient Belzébuth quelque peu contrarié par l'expression de l'homme, nous sommes des êtres de lumière et vous nous connaissez probablement sous le nom d'Anges ou Archanges.
- J'en étais sûr ! S'exclame le villageois, puis l'ensemble des habitants qui se trouvaient dans la maisonnette se mit à genoux demandant pardon pour leur péchés, croyant se confesser pour quémander une sainte divinité, pensant que le groupe pourrait leur apporter une quelconque absolution.
- Cela suffit ! Réagit aussitôt Stella qui venait de s'éveiller. En percevant tous ces habitants autour de son corps, se mettre à genoux pour implorer un miracle.

Aujourd'hui nous vous avons sauvé, soit !

Alors je vous propose plutôt de vous relever et de venir me rejoindre afin de bénir le jour où ce brave Lucifer a pris, une fois de plus, parti d'une querelle qui ne lui regardait absolument pas !

Puis elle s'éloigne un peu de la l'assemblée qui commençait à l'étouffer et l'irriter quelque peu, mais Samaël vint la rejoindre et lui fit signe d'aller rejoindre Lucifer, en lui promettant que lui et le reste du groupe allaient veiller sur les habitants du village, le temps qu'elle le ramène.

Sur cette promesse, elle sortit de la maison et sous le regard ébahit des villageois, elle s'envola en direction de son être fusionnel.

Pendant qu'elle volait, elle n'eut aucun mal à repérer l'aura égaré et tourmenté de Lucifer.

Elle le trouva assis communément au sommet d'une église, non loin du lieu où s'étaient arrêtés ses amis.

Il ressentit bien évidemment la présence de la jeune femme qui prit place à ses côtés.

L'archange n'avait exceptionnellement pas le cœur, à partager ses peines avec Stella.

Ce qui ne l'arrêta pas cette dernière pour autant. Elle s'adapta à la situation et prit un ton franc et déterminé.

- Crois tu que ta colère envers cet humain à fait de toi une personne plus mauvaise ? Interroge t-elle.
- Tu sais que ce n'était pas cela qui m'a fait prendre ce moment de recul ! Répond l'Archange en prenant soin d'éviter le regard de la jeune femme.
- Ta force, tes dons et colères ne cesseront de se décupler à chaque fois que tu seras confronté pour voir de telles horreurs et injustices infligées par ton père, qui n'attend qu'une seule chose ! Lui dit-elle en effleurant de sa

main, la mèche qui cachait les yeux de Lucifer.

– Mais crois tu que j'en n'ai quelque chose à faire de tout ça, s'emporte l'Archange en rejetant le geste d'affection de Stella, qu'il blessa cruellement sans même s'en rendre compte, que Dieu s'en prenne à moi, qu'il me fasse passer pour le diable en personne, cela m'est égal. Mais ça ! Ce qui s'est produit tout à l'heure, jamais je ne pourrais me le pardonner !

– Mais où veux-tu en venir à la fin mon amour ? Demande Stella presque persuadée de connaître la réponse qu'allait lui fournir Lucifer.

– Je t'ai blessé ! S'inflige l'archange en partant en sanglots.

– Mais tu étais tellement remonté envers ces soldats, qui ne pensaient qu'à détruire, tuer, et violer toutes ces pauvres femmes habitant dans ce vieux bourg ! Reprend Stella fondant à son tour en sanglots, sachant d'avance, l'issue de ce conflit.

– Tu m'as regardé, tu m'as supplié et moi je voyais et savais bien que tes pouvoirs finiraient par te détruire si je continuais.

Et puis cette façon dont tu m'as insufflé ta douleur, et il a fallut par le plus grand des miracles, que Samaël intervienne pour me stopper dans ma folie destructrice.

– Ne dis pas ça Lucifer ! Sermonne Stella en le pointant du doigt agressivement.

Je te l'interdis !

– Tu sais bien que notre amour n'engendrera que douleur et dans cette rébellion.

Je viens de tout juste de comprendre qu'au final, celui qui risque le plus de te blesser...

C'est moi ! Reconnais t-il en continuant d'esquiver le regard de la jeune Stella.

Attristée, elle fait un geste jusqu'alors inattendu venant de sa part.

Elle lui donne une gifle, afin de le réveiller de ses propres maux.

L'effet de l'attitude improvisée par la jeune amoureuse, eut la conséquence souhaitée, Lucifer finit par lever enfin les yeux face aux siens, mais dans la couleur rouge de ses nerfs incontrôlés. Cependant Stella semblait avoir voulu créer volontairement cette réaction de sa part.

> – Alors ! Que ressens tu à cet instant précis ? Demande t-elle.
> As-tu envie de me tuer, de me faire un quelconque mal ? Et si c'est le cas, je t'en prie ne te gênes surtout pas ! Sanglote la jeune Archange.
> Car s'il faut mourir je suis prête ! Quand vas-tu enfin comprendre, que toi sans moi cela ne peut exister ?
> Mon amour pour toi est un cercle infini d'osmose et je sais que pour toi c'est également le cas, alors maintenant, de ta colère que vas tu en faire ?

Sur ses paroles, elle se jette à corps perdu dans les bras de Lucifer, ne craignant plus alors d'être blessée par l'Archange dont elle s'est donnée jusque là, corps et âme.

Lucifer sentant l'énergie et la volonté de Stella fusionner à la sienne, approche son âme sœur contre sa poitrine, puis l'embrasse fougueusement.

Comme habituellement, toute la nature se met à se déchaîner autour d'eux, tant la fougue de leur amour est violente et en parfaite harmonie. Leurs ailes, après s'être automatiquement et totalement déployées, les recouvrent mutuellement.

Ainsi, depuis leur emplacement, la puissance de l'aura des deux Archanges se fait naturellement ressentir, et la troupe d'amis accompagnés de Samaël, esquissent un sourire complice.

Quelques instant plus tard les deux amants rejoignent leurs compagnons, et le jeune Lucifer s'entend être applaudi joyeusement par les familles et les personnes qu'il venait de sauver, en guise de remerciement.

Un sourire radieux vient instinctivement éclairer le visage du jeune homme qui n'avait jamais eu encore autant d'éloge.

C'est là qu'il sentit la main de Stella serrer la sienne d'avantage, afin qu'il comprenne qu'à présent, il n'était plus seul.

Alors le jeune couple se jette un tendre regard soutenu, qui indique la complicité que l'un, à toujours eue pour l'autre.

Afin que le village puisse les accueillir comme il se doit, la petite fille qui avait demandé de l'aide au fameux compagnons de Lucifer, propose aux villageois d'organiser un festin de courtoisie, avec chants et danses du pays, en guise de bienvenue et des faveurs pour le service rendu.

Les paysans se sentaient obligé de leur offrir un bon repas, avant qu'ils ne reprennent leur route.

Et c'est avec le plus grand plaisir que les Archanges s'invitent au repas organisé en plein air, tout près de la paroisse du village. Ainsi les tables sont dressées, les victuailles diverses sont disposées sur les étales, mais les compagnons leur stipulent poliment, que les Anges ne mangent malheureusement pas et qu'ils ne voudraient pas les vexer en les désobligeant, cependant que ça ne les empêchait pas de continuer et fêter l'événement avec eux.

Après un court silence interrogatif, le père de la jeune rescapée se met a rire bruyamment et leur signifie que ce qui importait, ce ne sont pas les assiettes qu'ils comptaient vider à ce repas qui les intéressaient, mais seulement la raison de leur présence, afin de faire plus ample connaissance. Les hommes et les femmes du village, voulaient connaître ceux qui les avaient sauver de l'envahisseur anglais.

Festivité et bonne humeur, chacun se présente et se gratifie, afin de faire connaissance.

Aussi, la petite fille, au cours du repas annonce son prénom à l'ensemble du groupe qui effectivement commençait à être curieux de connaître le prénom de la jeune demoiselle, anonyme encore jusque là.

« Juliette » ! Annonce t-elle, le visage rayonnant de bonne humeur.

D'un simple signe de tête les Archanges s'inclinent, enchantés de pouvoir enfin mettre un nom sur ce si joli visage qui ne demandait qu'à être aidé.

Au bout d'un certain temps, alors que tout le monde s'amusait et se racontait les diverses aventures que nos jeunes Archanges avaient dû surmonter pour en arriver, là où ils en étaient, le prêtre du village fit signe de la main à Lucifer de quitter la table et de le rejoindre derrière l'enceinte de l'église. Suspicieux mais tout de même curieux, Lucifer suivit le paroissien à l'abri des regards indiscrets.

Ce n'est qu'une fois que les deux hommes se furent rejoints, que le paroissien prit solidement les deux épaules de Lucifer et lui raconta une légende qui attira toute l'attention de l'archange.

- Mon garçon connais tu la prophétie écrite par saint jean ?
- Non ! Mais je suppose que si vous m'avez isolé au yeux de tous, c'est certainement pour me la conter ! Répond Lucifer intrigué
- Tu n'es pas un Archange des plus apprécié, dis le paroissien en souriant.
  Disons que les écrits laissés par ce saint homme, racontent qu'une guerre entre les Anges et les Archanges s'est déroulé il y a fort longtemps et que dans ce combat plusieurs millions d'Anges furent déchus et jetés aux enfers !

Les paroles de l'homme du clergé intrigue au plus haut point

Lucifer qui fronce les sourcils, soudain intéressée.

> – Comment un homme a-t-il pu écrire sur une rébellion
> qui n'a pas encore eue lieu et en définir l'issue ?
> Interroge Lucifer exaspéré par le fait qu'il ait encore pu
> avoir un coup de retard sur son père.
> – Cela je ne peux l'expliquer mais d'après ce que j'ai pu
> comprendre, toi et tes amis faites exactement ce que cet
> homme avait décrit !

À ces mots Lucifer se renferma dans un silence inquiétant,
mais le prêtre reprit aussitôt.

> – Je sens en toi une grande colère et en même temps un
> pouvoir immense nourrit par l'amour que tu portes à
> cette jeune femme au cheveux couleur blé.
> Nul ne le sait encore, mais tes aptitudes seront pour eux
> un grand atout, malheureusement il faudra que tu
> t'attendes cependant, à échouer dans ce premier combat
> contre ton premier créateur !

En écoutant ces mots, Lucifer recule instinctivement d'un pas,
pris subitement, par une troublante réflexion.

> – Mais comment pouvez vous savoir à propos de...

L'homme d'église ne lui laissa pas le temps de finir sa phrase et
enchaîna dans un monologue troublant.

> – Si tu m'écoutais attentivement, tu comprendrais que le
> livre qui a pour nom « bible » et qui a été écrite par cet
> homme, raconte bien des horreurs à ton sujet.
> Selon moi, et je ne suis pas le seul à le penser, Dieu y
> est pour quelque chose dans toutes ces prophéties.

Maintenant, il ne tient qu'à toi de savoir si tu sauras analyser les problèmes qui s'opposent à toi ; avec ta colère, ou avec l'amour que tu portes envers cette magnifique et fabuleuse Stella !

Je perçois en elle, un pouvoir fusionnel qui saura te donner de grands avantages, durant ta rébellion envers Dieu, ton premier créateur, mais ne va surtout pas t'imaginer que tu auras plusieurs coups d'avance sur lui, car à l'heure où nous discutons, c'est bel et bien lui qui te devance et il ne te laisse aucune issue. Prévient le prêtre.

– Alors que dois je faire ? Demande Lucifer se sentant pris au piège.

Je devine que vous avez prévu un plan pour nous aider dans notre quête, qui semble perdue, d'après votre point de vue, et ce, quoi que nous fassions !

– Lucifer tu es l'être parfait ! L'être le plus intelligent qui a été créé, alors soit le, pour toi et tes soldats, car c'est à présent comme ça que tu devras les voir... en visionnaire !

Qu'importe la défaite qui vous attend ! Vois plus loin ! Devance ton père et va à la rencontre de ton destin !

Aujourd'hui, toi et tes soldats vous avez sauvé tout un village et crois moi jamais ils ne l'oublierons tu t'es fait des adeptes et ton nom restera à jamais dans leur cœur !

– Ce sont de bien vaine paroles tout cela, mais quel rapport avec mon futur destin ? Demande t-il de plus en plus sceptique.

– Mon enfant, vois tu cette église devant toi ? Indique le prête, la montrant du doigt.

– Comment ne pas la voir, elle a été construite afin de prier le seul être dans cet univers auquel j'attache tant de m'épris ! Lance l'archange écœuré par les manipulations de son père.

Le prêtre sourit puis saisit les joues de Lucifer qui se sentit soudainement effrayé, par le geste affectueux d'un homme dont il n'avait aucune attache particulière, mais bizarrement ses yeux prirent la couleur d'un bleu vif.

— Voilà ! c'est ce que j'attendais de voir en toi mon garçon.
Tes yeux sont encore capables d'être ceux d'un Archange.
De tout ce qu'il y a de plus pur.

Des larmes coulèrent alors du visage de Lucifer.

— Maintenant, si je te disais que les villageois et moi même, sommes prêts à créer une confrérie en ton nom.
Changer le nom de cette église, ne plus prier un Dieu qui ne fait que nous mentir, mais un être qui a su être présent, le jour où nous en avions le plus besoin.
Si je te disais que dans cette église, il sera célébré en ton nom des messes, avec tes symboles d'invocation.
Que nous serions prêts à répandre la nouvelle que Lucifer, le fils de dieu, est un Archange tout ce qu'il y a de plus généreux, et qui sait être là, quand le besoin s'en fait sentir.

— Non ! Surtout ne faites pas cela ! Vous ne savez pas ce que pourrait vous coûter de prier l'ennemi de dieu dans votre siècle...
— Tu vois ! Tu t'inquiètes déjà pour nos vie, alors que tu viens tout juste de les sauver !
Ne t'en fait donc pas pour nous jeune homme ! Ton nom sera inscrit dans les plus grandes histoires de toutes les bibles et je sais que tu sauras te relever après ta chute...

finit-il   de dire en relevant fièrement la tête, et on pouvait déjà lire l'adoration dans son esprit.

– Alors ! Que   faites vous donc depuis tout ce temps ? Intervient Stella qui avait deviné que les deux hommes s'étaient réfugiés pour conspirer en toute discrétion.

Cela fait maintenant plusieurs minutes que vous avez quitté la table.

Ce n'est pas pour vous apprendre les bonnes manières, mais ces villageois ont tenu a ce que nous soyons tous assis afin de partager leurs festivités.

– Vous avez raison très chère, je suis impardonnable ! Dit le prêtre en rajoutant

C'est moi qui ai tenu à m'entretenir seul à seul avec votre leader, à présent, je m'en vais rejoindre mes concitoyens et je vous laisse à vos explications.

Le curé de campagne prit congé d'eux, après avoir diffusé ces derniers mots, s'adressant à la charmante Stella qui le regarda s'en aller, avec la conviction que cet entretien n'avait rien pu en tirer de positif.

Lucifer lui prit la main et l'inonda de quelques unes de ses belles phrases dont il avait le secret, afin d'essayer de noyer le poisson et de façon à ce que la jeune Archange s'efforce de penser à autre chose.

Mais rien n'y fit, Stella tenait à son tour, à prévenir Lucifer d'une certaine chose, de façon à ce qu'il ne puisse pas rester fixé sur une seule version de l'histoire.

– Fait bien attention mon aimé, au fur et à mesure que les jours passent et de seconde en seconde, nos troupes se regroupent et l'instant de notre rébellion se rapproche.

Je ne veux en aucun cas que tu te relâches, parce qu'on t'a promis un asservissement éternel et une confrérie utopique.

Que tu laisses de simples prémonitions, écrites par la main d'un messager de dieu, t'écarter de ta mission principale.

Celle de venir siéger à la place de ton père et sauver le monde sa folie meurtrière.

– Alors, tu nous écoutais depuis le début ? Demande Lucifer, la gratifiant d'un sourire nerveux qui se voulait jovial.

– Faut-il te rappeler que je suis un Archange, tout comme tes fidèles amis qui t'ont suivi jusqu'à présent, dans les périples les plus dangereux, sans rien te demander en retour, si ce n'est de nous offrir la victoire, indispensable contre l'armée la plus puissante de tout l'univers ?

– Pourquoi me rappelles-tu ce que je ne sais que de trop ? Je pense avoir le poids de la vie de mes amis et de celle pour qui je serais prêt à m'arracher le cœur de mes mains, juste pour être sûr que tu sois en sécurité, soit bien suffisant ! Dit Lucifer en se refermant sur lui même.

– Tu sais très bien de quoi je veux parler ! Dit Stella en mettant la paume de sa main sur la hanche de Lucifer afin qu'il comprenne la portée de son dévouement.

Les hommes sont peut être bons en partie et méritent d'être guidés, mais n'oublie jamais qu'ils sont terriblement influençables, alors ne fais pas en sorte, que cela soit l'inverse qui se produise.

– Ne t'en fais surtout pas ma tendre Stella ! Lui répond l'Archange, si c'est cette histoire de chute aux enfers qui te fait si peur, sache que je n'ai nullement l'intention de laisser une prophétie élaborée de toutes pièces par mon père, m'écarter de mon but ultime.

– Je t'aime Lucifer, et te voir chuter, cela je crois ne jamais pouvoir le supporter ! Lui avoue-t-elle en se jetant dans ses bras.

- Moi aussi je t'aime Stella, et rien ni personne ne m'éloignera une fois de plus de toi... Jamais ! Tu m'entends Stella, plus jamais ! Puis ils échangent un doux baiser, se rassurant l'un l'autre, d'avoir pu mettre les choses au clair.

Cependant, nos deux archanges se décident enfin à aller retrouver le reste de la collectivité qu'ils arriviaient à entendre esclaffer et chanter à tue-tête, depuis l'endroit où ils se trouvaient.

Lucifer, d'un air grave, annonce à l'ensemble des villageois, que leur route ainsi que leur mission, sont loin d'être terminées, aussi il s'excuse amplement de devoir les quitter aussi vite, et rassemble ses compagnons de route.

C'est tristement, que les habitants se voient contraints de dire adieu à leur nouveau protecteur. Mais le prêtre les regarde, confiant, pendant qu'ils préparent le peu d'effets personnels qu'ils ont à prendre.

Puis chacun à leur tour, ils enlacent les Archanges, les couvrant de remerciements et laissant graver dans leur cœur et leur mémoire, les noms de leurs sauveurs... à tout jamais.

Ainsi le groupe, avec à sa tête Lucifer et Stella, se met en marche, laissant avec la plus grande peine, ce petit village dont ils ne sauront jamais le nom.

Cependant, au paradis, alors que les clans commencent à se former et l'armée à se distinguer, la rage de Gabrielle, augmente à mesure que son messager l'informe des récents faits d'arme, effectués par sa sœur et Lucifer.

Alors qu'elle s'apprête à rassembler un petit nombre de soldats sous son commandement, sous le coup de la colère, Dieu intervient, se postant face à elle et s'opposant à sa folie.

La jeune femme qui n'arrive pas à comprendre la décision de son Seigneur et Maître, se permet de lui demander :

– Pourquoi ne voulez vous pas que j'agisse ?

Surtout qu'elle lui fait part de la toute dernière trahison venant de l'archange Samaël, qui est allé dans le monde des humains, sans l'autorisation divine et sans mission appropriée.

Dieu sourit et explique à Gabrielle, que ces derniers temps, il soupçonnait déjà cet Archange, d'avoir été corrompu par les dires médisants de son fils.

Laissant cette discussion qu'il jugeait pour le moins anodine et sans grande importance, il passa très rapidement à un sujet complètement différent, qui lui paraissait plus essentiel, que cette nouvelle.

Il ordonna à Gabrielle de le suivre dans la cours du palais, afin de pouvoir s'entretenir avec elle en toute quiétude, et à l'abri des regards indiscrets.

Ainsi cote à cote, ils s'éclipsèrent dans la plus grande discrétion, à l'arrière cour du royaume.

Une fois arrivé, la jeune femme fut pétrifiée en se tournant vers Dieu, étrangement, son regard avait subitement changé, Gabrielle se rendit visiblement compte, qu'apparemment, elle venait de décevoir son Seigneur.

Aussi elle s'en remit de suite à lui, afin de connaître les éléments qui avaient pu causer son courroux.

– Faut il que je te rappelle que tu n'as pas la moindre chance de vaincre Lucifer ! Dis Dieu à Gabrielle d'un ton agressif et d'un air désespéré.

– Je sais que vous ne croyez pas en mes capacités ! Mais à l'heure où nous faisons des polémiques sur ce que je suis ou ne suis pas capable d'accomplir, votre fils est entrain de rassembler de plus en plus d'Anges et d'hommes de son coté ! Répond Gabrielle en gesticulant.

Et voilà qu'aujourd'hui, nous venons de perdre l'un de nos plus précieux soldat !

- Je suppose que tu veux parler de l'archange Samaël ? Dit il en levant les yeux en l'air

- Tout à fait, Samaël ! Je viens d'apprendre qu'il s'est introduit aujourd'hui même dans le monde des humains, et qu'il est allé soutenir le projet toujours inconnu jusqu'alors, de votre fils !

- Vois tu Gabrielle, si nous devons être le plus honnête possible, entre nous, avoue que ce n'est pas cela qui te met dans tous les états en ce moment ! N'est ce pas ?

- Qu'êtes vous entrain d'insinuer ? Bien sûr que...

- Stella ! N'est ce pas ? Reprend t-il le regard fixe et les sourcils froncés.

- Eh bien quoi Stella ? Dit elle tout en évitant le regard de Dieu.

- C'est pourtant elle, ta plus grande faiblesse mon enfant, lui dit il en l'empoignant par les épaules, ta petite sœur Stella, au bras de mon fils Lucifer !

Tout à coup la jeune femme éclata en sanglot, puis s'effondra sur les genoux, en frappant le sol de toute ses forces à s'en faire saigner les phalanges, laissant échapper la rage contenue depuis tout ce temps.

Elle se rendit compte qu'après une telle déclaration, elle ne pouvait que capituler, s'abandonnant à son désarroi.

Elle avoua alors, qu'effectivement ses sentiments allaient vers Lucifer et la haine qu'elle éprouvait envers Stella, obstruait son jugement.

Suite à cette déclaration, se croyant répudiée, tel ne fut pas son étonnement quand elle sentit la main de Dieu la guérir de ses contusions, et quand elle posa les yeux sur lui, à sa grande stupéfaction, elle découvrit son seigneur à genoux, peiné de la voir dans un tel état.

Elle se releva immédiatement et le supplia, tout en s'excusant de l'avoir contraint de se mettre dans une telle situation, à cause de ses caprices de femme tourmentée.

Mais Dieu lui dit qu'il comprenait parfaitement l'imprévisibilité que pouvait apporter la jalousie, puis il enchaîna aussitôt sur une promesse qu'il s'était juré de tenir envers la jeune femme en lui imposant certaines conditions, il y avait un prix à payer, car rien n'était gratuit et surtout pas ce qu'il allait lui donner, cela il se garda bien de ne pas le dire.

Surprise par ce revirement de situations et quelque peu intriguée, elle se rappela cette promesse qu'elle avait par mégarde, déjà oubliée.

Il lui rappela alors ce pouvoir qu'il pouvait lui offrir, celui qui pourrait rééquilibrer la donne entre elle et Lucifer.

Les yeux écarquillés Gabrielle se jeta à ses pieds, en l'implorant de le lui transmettre.

C'est à ce moment qu'elle aperçut l'expression changeante que Dieu concrétisa quand elle le supplia.

- Quand est il ? Mon seigneur... quelle est le prix à payer pour obtenir un tel pouvoir ? Dit elle avec une inquiétude qu'elle ne put contenir.
- Si à ce jour tu es la seule archange à qui j'en ai parlé, tu dois comprendre avant tout que c'est parce que tu es la seule et je précise, la seule et unique en qui je voue ma totale confiance.

  Je sais ! Que tu ne me trahiras jamais.
- Pour sûr ! Mon seigneur, je n'irais jamais contre votre volonté, je vous suis dévouée jusqu'à ce que ma lumière ne s'éteigne.

  Des jours encore plus sinistre arrivent, c'est pourquoi je suis prête à tout pour vous démontrer que je mérite ce supplément de capacité.

  Dites moi les conditions et je les accepteraient sans la

moindre objection.

– Gabrielle... !

– Mon seigneur ?

– Afin d'assimiler ces pouvoirs, tu vas être obligée de renoncer à ta conscience...averti Dieu en la fixant d'un regard profond.

– ...ma conscience ?! Dit elle pétrifiée.

– Tu devras renoncer à cet amour pour Lucifer et cette jalousie envers Stella.

Tu deviendras l'Archange la plus puissante de l'univers, mais tes sentiments, que se soit la colère, l'amour, la jalousie, la peur, ou même la joie te seront à tout jamais retirés.

Alors réfléchis bien avant de me donner ton accord...

– C'est tout réfléchi !

Je choisis le pouvoir ! Répond-elle aussitôt.

– Tu en es certaine, tu as tout ton temps pour réfléchir tu sais ! Lui explique dieu, quelque peu intrigué par son acharnement aussi entêté.

Tu ne pourras plus faire marche arrière une fois le procédé entamé !

– Le problème de cette rébellion se pose maintenant sur le temps que nous avons, et nous savons très bien, que Lucifer est doté d'une intelligence qui surpasse celle de l'humanité toute entière.

Le fait de me débarrasser de ces sentiments qui freinent mon jugement et mes coups contre lui, pourrait nous valoir la victoire dans une guerre aussi importante que celle ci.

Il est hors de questions pour moi, de mettre toute mon escouade de soldats en danger à cause de problèmes personnels, alors je vous prierais de me faire don de ces nouvelles capacités.

S'il faut raser par la suite jusqu'au plus petit village,

pour que Lucifer comprenne que nous ne reculerons devant rien, pour que les humains soient à tout jamais les esclaves de votre jugement, je le ferai !

Elle pose un genoux à terre, baisse la tête et prie Dieu de faire ce qu'il avait faire, affirmant que sa dévotion envers lui était pour elle, tout ce qui lui restait de consciencieux.
Ces mots furent pour lui l'élément déclencheur.
Il posa sa main droite sur le front de Gabrielle et immédiatement, elle sentit que son esprit et son âme s'échappaient peu à peu de sa personne.
Son visage se raffermit puis un long et très désagréable brouillard s'empara de sa conscience. Quelques courts instants plus tard, Dieu lui demanda clairement si tout allait bien.
Sans un mot, elle se releva, le fixant dans les yeux.
Une réjouissance plutôt malsaine envahit le tout puissant.
Il venait visiblement d'obtenir ce qu'il avait voulu depuis très longtemps, il fallait seulement le consentement de son sujet.
Mais à ce moment là, Gabrielle n'avait plus la faculté d'en déchiffrer la ruse. Profitant à présent de cette avantage Dieu ordonna à Gabrielle de réunir tous les Anges et les Archanges du paradis et de se préparer pour une grande bataille, puis il lui donna une seconde directive qui exigeait celle là, de ramener le groupe de Lucifer et Stella vivant, afin qu'il soit jugé pour leur rébellion.
L'Archange alla exécuter les ordres, sans démontrer le moindre signe de sentiment, tel un robot programmé.
Sa voix résonna depuis le haut de la terrasse sur laquelle elle se trouvait, et elle commença à regrouper tous les soldats et les Anges qui se trouvaient déjà dans les parages.
Des millions d'anges se mirent alors en rang, puis d'autres milliers arrivèrent par les airs et plusieurs régiments se formèrent en quelques minutes devant le palais, sous les yeux satisfaits de leurs commandants.

Pendant que les troupes finissaient de s'organiser, apparurent derrière Dieu et Gabrielle, six Archanges aux noms redoutés d'entre tous, Michel, Raphaël, Uriel, Jophiel, Yophiel et enfin pour finir le puissant Métatron.

Réunis devant leur Dieu ces sept archanges sont connus pour être les plus dominateurs du royaume. Ainsi, devant l'ensemble des Anges qui s'était présenté pour participer à la bataille, le tout puissant annonça officiellement, que vu des circonstances actuelles, Gabrielle ainsi que les chefs des bataillons avaient l'autorisation d'agir à leur guise, de façon à ce que chacun soit libre de décider ce qu'il leur conviendrait le mieux de faire en temps voulu. En clair, il leur donnait carte blanche.

Cette nouvelle déclencha la joie profonde que Michel attendait depuis longtemps, puis il se reprit rapidement et se tourna vers son équipe, l'air sérieux, en leur répétant mot pour mot, les ordres que venaient de prononcer Dieu.

Il leur ordonna ensuite de le suivre dans le monde des humains, afin de capturer une bonne fois pour toutes, l'Archange Lucifer et ses compagnons de rébellion, avant qu'ils ne puissent encore trouver un moyen d'échapper à l'autorité de Dieu.

Considérant la gravité de la situation les Archanges se mirent aussitôt en route, en acceptant le fait que Michel serait leur leader de mission.

C'est ainsi que le chaos commença à s'abattre sur terre.

Dans plusieurs villages, chaque personne et chaque villageois furent interrogés puis abattus sans le moindre scrupule.

Afin d'attirer l'attention de Lucifer, femmes et enfants ne furent pas épargnés.

Michel n'hésita pas une seule seconde à attiser un feu dans un centre ville, jetant des nouveaux nés dans des flammes s'élevant à plus de trois mètres de haut. Il gardait le sourire aux lèvres et ravivait le feu, à chaque enfant qu'il ordonnait de brûler.

Tandis que le groupe de Lucifer continuait leur recrutement, sans se douter de ce qui était entrain de se tramer dans leur dos.

Le trouble et la confusion régnaient dans la tête de plusieurs centaines d'Anges aux ordres de l'Archange Michel.

Ils commençaient à s'interroger sur les agissements barbares qu'exigeaient leurs dirigeants.

En suivant ces réflexions, plusieurs escadrons après s'être mis d'accord, se dispersèrent faisant croire à leur supérieur qu'ils suivaient leurs directives, et allèrent à la recherche de Lucifer, dans l'espoir de le mettre au courant, des agissements terrifiants qui s'opéraient, à cause des nouvelles directives de Dieu.

C'est à plusieurs centaines de lieues, au milieu d'une petite province, qu'après quelques jours de recherches, les Anges qui s'étaient séparés de la domination de Michel, finirent par percevoir l'aura de l'Archange Lucifer.

Cependant, terrifiés d'être exécutés par les compagnons de Lucifer et par instinct de conservation, le petit groupe d'Anges, préféra tout d'abord effectuer une filature sans risque, à l'affût cachés dans un feuillage à quelques centaines de toises de sa position.

Mais voilà qu'à leur grande surprise, l'Archange escorté de son équipe habituelle, incluant leur nouvel allié Samaël, au lieu d'être sur l'offensive avec les habitants d'où il était établi, les Anges renégats s'aperçurent qu'il sympathisait généreusement avec eux. Stella, sa compagne, se contentait de soigner les personnes blessés, plus ou moins grièvement par les horreurs de la guerre, qu'avait dû subir ces villageois innocents...

Soudain le noir total.

Quelques instants plus tard, un mal de tête faramineux, la luminosité des rayons de soleil qui brûle la rétine, un des Anges se frotte l'arrière du crâne, puis avant même qu'il puisse constater qu'il venait de se faire assommer.

Il découvrit qu'une multitude de villageois venaient de les capturer, pointant des fourches et des lances prêt de leur gorge.

Il émit un gloussement inoffensif et sans les brusquer, de peur d'attiser la haine qui se reflétait déjà dans le visage de chacun, visiblement, les nerfs à fleur de peau.

- Attendez, annonce calmement l'Ange, très anxieux de la nature du problème, devant lequel il venait de se mettre, lui et ses compagnons.
Je vous en prie, écoutez moi ! J'ai un message de la plus haute importance à communiquer à un homme que vous connaissez probablement !
Je l'ai aperçu qui côtoyait la plupart d'entre vous tout à l'heure.
Son nom est Lucifer !
- Quel est ton nom soldat ? Dit une voix retentissant derrière la foule des villageois.

C'est là qu'apparut Lucifer l'air très tendu, il s'avança puis pencha sa tête tout prêt de celle de l'Ange, lui disant son nom il ajouta ensuite :

- Qu'as tu de si important à me dire ?
Toi et ta bande d'espions qui par ailleurs, m'avez l'air très mal entraînés, car nous vous avions détectés bien avant que vous vous cachiez derrière cet arbre ridicule, dit il en ricanant.
- Oui, pour ne rien vous cacher nous nous étions postés derrière cet arbre au cas où vous penseriez que nous viendrions dans un but peu cordial...
- Ton nom et ton message ! dit Belzébuth qui se montra à son tour, perdant patience.
- Oui...bien sûr, oui ! Euh mon nom est Tamiel, puis présentant ses coéquipiers, encore évanouis.
Les montrant du doigt, voici Kokabiel, Chazaqiel, Yomiel, Batariel et enfin pour finir Sathariel

– Ce sont des Anges exécutants, avertit Stella qui se porta au coté de Lucifer.

S'ils sont là, c'est que l'armée entière du paradis a dû mettre en œuvre tous les moyens. possible pour nous retrouver.

L'heure est grave Lucifer, nous devons nous organiser et prendre une décision immédiatement !

– Et bien justement ! Si nous sommes là, bien que vous nous ayez attrapés avant même qu'on ne puisse vous approcher...

– Abrège ! s'énerve Belzébuth.

– Vous n'avez pas eu connaissance de ce que nous avons vu.

Cela fait plusieurs jours maintenant, que nous nous sommes implantés sur la terre des hommes, et une grande majorité des soldats, n'apprécient pas du tout les méthodes employées par l'Archange Michel et les six autres dirigeants, dont votre grande sœur mademoiselle Stella.

– Comment ça ? Gabrielle est ici ? Dit Stella apeuré.

– Pas seulement, reprend l'ange Batariel qui commençait tout juste à reprendre ses esprits...,aïe ma tête !

Stella, vous devez savoir que votre grande sœur à convenu d'un accord avec Dieu, dans le but d'obtenir des pouvoirs suffisamment proportionnel aux vôtres, seigneur Lucifer, dit il en effectuant un signe de tête vers le jeune homme, mais il y a bien pire dans cela...

– Quoi, mais que peut il y avoir de pire que ce que vous venez de m'énoncer ? Suffoque Stella les yeux au bord des larmes.

– Gabrielle...,en acceptant le don transmis par Dieu,... a... Batariel fit une pause puis débita d'un coup, elle a...elle a accepté volontairement et sans contrainte, de perdre à tout jamais sa conscience.

- Impossible ! Hurle Lucifer en apparaissant subitement devant lui et en le saisissant haineusement par la gorge. Jamais Gabrielle n'aurait pu vendre son âme, pas même à mon père ! tu m'as compris ! alors si c'est une ruse je te préviens toi et tes sbires je vais vous...
- STOP ! S'écrie le troisième Ange Kokabiel qui venait de s'éveiller et tenter de calmer les nerfs du redoutable Lucifer.

Il suffit ! Toute cette folie... ! vous n'étiez pas là, quand Michel, accompagné de Gabrielle et de ses commandants nous faisaient jeter au bûcher, des milliers de femmes et d'enfants sans la moindre réaction sans la moindre pitié, dit il en fondant en larmes.

Je vois encore tous ces bébés, ces hommes et ces femmes auxquels ils ont tranché la gorge, sans montrer le moindre signe de pitié ou d'émotion.

Si Gabrielle a accepté ce pacte stupide, c'est à cause de l'amour et de la jalousie qu'elle éprouvait pour vous deux.

Maintenant ce sont les êtres humains qui en paient les conséquences.

Voilà pourquoi nous avons pris le risque de vous retrouver.

Plusieurs centaines d'anges, sont prêts à se retourner contre votre père, mais nous avons besoin, aujourd'hui, plus que jamais d'un plan d'action !

Le silence s'abattit sur les combattants.

Les villageois se dispersèrent afin de laisser le groupe d'Anges discuter en toute tranquillité.

Que pouvait il répliquer après une tel annonce ? Lucifer, amer, relâcha la trachée de l'Ange qu'il tenait toujours, puis le reste du groupe se réunis autour d'eux, afin d'évaluer avec eux leurs nouveaux effectifs, au cas où ils les accepteraient éventuellement dans l'équipe.

Alors ils échangèrent les renseignements que chacun d'eux détenaient de leurs cotés.

Au cour de leur discussion, Lucifer ne fut guère surpris que son père rassemblât une armée.

Cependant ce qui les affectaient le plus, Stella autant que Lucifer, c'est la perte d'humanité de Gabrielle... Comment était-elle tombée dans le piège de son père ?

Il en était là, de ses réflexions, quand Samaël le fit réagir :

- Quels ordres vas tu nous donner, au vue des récents événements ?

CHAPITRE XV

L'AFFRONTEMENT FINAL

Malheureusement toujours sous le choc de ce que venait d'apprendre l'Archange, il resta sans voix. Aussi, surprenant l'ensemble du groupe, son cousin l'attrapa fermement par le haut de sa chemise et se mit à le secouer dans tout les sens, lui faisant comprendre que le meneur et la seule personne qui était indispensable de ce groupe, étaient à ce jour, lui et sa compagne Stella.

Son intervention fit son effet car soudain, Lucifer regarda les yeux pleins de haine de Belzébuth, et surprenant tous ses amis, il ordonna aux nouvelles recrues, de les conduire en face de Gabrielle et des six autres Archanges, afin d'être fait prisonnier et de pouvoir repartir au paradis.

Quand Lucifer annonça sa décision, tous ses fidèles se regardèrent en ce demandant si la colère qu'il avait faite, ne lui avait pas dérangé l'esprit.

Mais Stella intervient et dans le ton de sa voix on pouvait clairement entendre, qu'à cet l'instant, elle n'avait plus cœur à être bonne.

Elle recommanda vivement à tous les compagnons, de se fier au jugement de Lucifer, car s'il venait de choisir une telle option, cela n'était en aucun cas, sans en avoir étudié soigneusement la logique et la stratégie.

Le groupe baissa les yeux, puis chacun des Archanges et

Anges, à tour de rôle, posèrent une main sur l'épaule de Lucifer et Stella, en se rapprochant peu à peu, puis ils firent le serment de ne plus jamais mettre en doute, les décisions de l'un ou de l'autre, et de les servir, jusqu'à leur dernier souffle.

« C'est à ce moment précis, que Lucifer ressentit cette sensation de soutien. »

Ce sentiment que seule une équipe de la même ligue pouvait dispenser une telle énergie de fraternité. Alors, sans la moindre crainte, les nouvelles recrues dirigèrent l'équipe de Lucifer à l'endroit où se trouvaient les sept Archanges.
Michel eut un sourire indéfinissable, quand il se retrouva face à Lucifer.
Au même instant, Stella tourna son regard vers sa sœur et ce qu'elle vit la glaça d'effroi.
Elle ne vit aucune expression ni conscience, elle se mordit nerveusement le coin des lèvres. Métatron suspicieux de voir l'équipe au complète face à eux, sans qu'ils aient esquisser la moindre trace de combat, commença à débriefer les Anges qui venaient de « capturer » le groupe en apparence, sans le moindre effort.

– Il est bien étrange de vous voir ainsi face à nous, sans avoir au moins, essayé de lutter contre notre garde ! Dit Métatron sur un ton plus que méfiant.
– Si tu penses, que devoir éliminer des Anges, alors qu'ils n'ont strictement rien à voir avec le conflit personnel entre moi et mon père, sont ma priorité actuelle, tu te trompes ! Répond t-il.
Se tournant vers Gabrielle, il n'y a qu'à voir ce dont mon père est prêt à faire pour pouvoir arriver à ses fins !
Regarde toi Gabrielle ! Et vous tous, Archanges, garde

personnelle de mon père et tous les jaloux qu'il ait un fils conçu de sa propre chaire !

Dis moi Gabrielle, perdre ton âme et ton humanité, tout ça afin d'éviter de souffrir de la jalousie et de l'amour que tu me portes.

Au final ! Est ce que ça en valait la peine ?

- Silence ! exige l'Archange Michel, alors répond pourquoi t'es tu rendu ? toi et ton groupe de rebelles... sans opposition !

- Je vais te dire pourquoi ! Tes sbires nous ont informé de la situation, aussi Stella et moi, avons décidé de voir de nos propre yeux de ce qu'il en était !

- Et qu'en penses tu à présent ? Demande Michel le visage emplit de satisfaction d'avoir capturé sans combattre, celui qui était le plus recherché du paradis.

- Plus désastreuse que jamais ! Avoir égorgé des nouveaux nés, des femmes et des enfants innocents, dans l'espoir de me retrouver ! Je trouve ça plus minable que tout... puis il lui crache au visage.

L'Archange Michel s'essuie rapidement, car la salive de Lucifer se met à le brûler horriblement. Elle se trouvait être, une sorte réaction chimique à base de lave.

- Allez abruti, fait ton devoir et emmène nous auprès de mon père, qu'on règle nos comptes une bonne fois pour toutes !

- Si tel est ton désir, je m'en vais l'exaucer dans la seconde qui suit, répond Michel.

Tandis qu'il ouvrait le portail et faisait entrer un par un les rebelles, Stella peiné par le visage inexpressif de Gabrielle, passa devant elle, la regardant une dernière fois, dans l'espoir de la voir réagir ne serait ce qu'un petit peu... mais il n'en fut rien, et la jeune femme entra en laissant couler quelques larmes de déception.

Alors qu'elle était déjà passée dans le portail dimensionnel, Gabrielle détourna son regard en suivant interrogativement, la trajectoire des larmes déposées par Stella à son intention.

Y avait il un espoir de retrouver la sœur qu'elle a perdue ?

De retour au paradis, une boule au ventre prit chacun des membres comme s'ils ne se sentaient pas à leur place.

Il n'y avait que Stella et Lucifer qui semblaient se trouver à l'aise dans le royaume auquel ils avaient prévu de grands projets.

Michel passa derrière ses captifs, puis les poussa à se mettre à genoux en attendant la venus de leur seigneur, qui ne mit pas très longtemps à faire son apparition.

Le charisme supérieur et le regard empli de déception, il les dévisagea les uns après les autres et garda Lucifer pour la fin.

Étrangement, les deux hommes n'avaient pas la moindre crainte de la situation actuelle, et ils se toisèrent, avant d'engager une longue série de critiques, avec un regard de contentement intense.

> – Tu m'as l'air bien trop satisfait de la position dans laquelle tu viens de te t'embarquer, toi et ta maigre équipe de traîtres ? Envoie Dieu le sourire auto gratifiant.

Mais au moment où Dieu lui faisait ces reproches, Lucifer éclate de rire à s'en tordre l'estomac.

> – Vois tu père le soucis avec toi c'est que tu penses avoir toujours une longueur d'avance sur nos faits et gestes, mais tu as encore oublié un facteur essentiel dans toutes tes manigances de dictateur, répond Lucifer amusé.

– Ah bon ! Et qu'aurais-je bien pu, laisser passer d'aussi important qui puisse te procurer autant d'assurance ? Lui demande t-il sans inquiétude,
Tu peux me le dire sans crainte, de toutes façons, tous autant que vous êtes, je vous ai réservé un traitement bien particulier, pour votre tentative de rébellion contre mon autorité.

– Ton défaut, le voici ! Jusqu'à ce jour tu as toujours été le seul et unique Dieu tout puissant, respecté, mais surtout craint par tes accès de colère et tes excès de puissance.
Et ton erreur, la voici ! En voulant créer un Archange parfait, avec ton frère Satan tu t'es fourvoyé dans ta grande ambition, de vouloir en faire ton animal de compagnie, mais vois tu à l'heure où nous faisons un débat sur ta médiocrité de dirigeant, j'ai pu rallier à ma cause toute une armée prête à se battre et à mourir pour leur liberté.
À présent, c'est à toi de trembler face à l'étendu de la puissance des Anges de la rébellion.

Sur ces paroles, frappant dans ses mains, il déclencha un nuage d'Ange qui fit son apparition au dessus d'eux sous le regard terrifié et à la fois stupéfait de Dieu.

– Mais qu'est ce que cela signifie ? S'écrie t-il à voix haute
– Cela signifie tout simplement que ton règne de terreur est dorénavant terminé vieux tyran !

Profitant de l'instant d'inattention obtenue grâce à l'arrivée des renforts, Lucifer claque les doigts de sa mains droite et dans un tourbillon de feu fit apparaître son épée Auréliel, s'attaquant directement à l'Archange Michel et au reste de ses collaborateurs, de façon à pouvoir permettre à ses amis de se défaire de leur surveillance.

Michel se sauva de justesse.

D'une parade produite avec l'extrémité de sa lame il empêcha Lucifer de l'envoyer à une mort quasi certaine. Il commença par le repousser d'un simple geste de la main qui produisit une tornade d'air suffisamment puissante, pour éjecter Lucifer sur une trentaine de mètres.

Craintif, mais à la fois de moins en moins étonné, Dieu esquissa un sourire en réalisant l'œuvre stratégique et inattendu de l'armée qu'avait put rassembler son fils sans qu'il n'ait eu le moindre doute.

Mais il n'était pas le seul à être ravis de l'occasion qui se présentait à eux.

Michel ainsi que Lucifer se réjouissaient d'avoir enfin l'occasion de se mesurer

.

Pendant que les premiers coups de lames s'entrechoquaient, Stella et le reste de son équipe se mirent immédiatement à l'œuvre, en l'isolant des Archanges, qui tentaient de se mettre en travers du combat individuel que Lucifer et Michel se livraient.

Belzébuth fit apparaître à son tour son épée, quand il détecta l'agressivité soudaine, de Gabrielle contre sa petite sœur qui avait pris position pour alimenter les forces de Lucifer, grâce à ses dons et ses liens particuliers avec celui ci, qui faisaient d'eux, des adversaires redoutables aux yeux de tous.

Ainsi sans qu'elle ne se laissa distraire par sa grande sœur, la jeune femme resta concentrée sur son objectif et laissa Belzébuth s'occuper d'elle.

Il a suffit d'un seul contact entre les deux épées de Belzébuth et Gabrielle, pour qu'il se produise une énorme faille dans le terrain, sur plusieurs centaines de mètres.

Vu la force de l'impact, Belzébuth comprit de suite qu'il ne lui faudrait pas longtemps à sa rivale pour l'éliminer.

La différence de leur puissance était facilement déterminante, c'est pourquoi il demanda rapidement des renforts, en faisant appel à Azazel et Samyaza qui étaient déjà entrain de se confronter à plusieurs soldats de seconde zone.

Ils se débarrassèrent rapidement des Anges qu'ils affrontaient, pour venir en renfort.

Samyaza voulant les aider, fit quelques gestes avec ses mains et un mur se matérialisa entre Gabrielle et Belzébuth, afin de leur donner les quelques secondes impératives, pour arriver à destination. Mais à peine furent ils à ses côtés, que Gabrielle, d'un banal coup de poing détruisit en rien de temps le mûr de défense, de ce fait le combat reprit à trois contre un.

Dans un même temps des éboulements de terrain ne cessaient de se faire, dûs aux nombreux coups d'épée entre Lucifer et Michel. Leur puissance se faisait sentir sur tout le champ de bataille, alors que Lucifer gesticulait pour produire une incantation avec ses doigts, Michel profita de cette occasion pour tenter de lui infliger le coup de grâce, en visant précisément la gorge de l'Archange. Mais Lucifer qui l'avait largement vu venir, se propulsa dans les airs, en continuant ses mouvements.

Une fois les mouvements terminés, il frappa fortement ses deux mains, et l'Archange Michel se vit prisonnier dans un cheminement d'explosions fulgurantes. Alors qu'il tentait en dépit de désespoir de prendre la fuite à grande vitesse, les détonations le suivant bien plus vite qu'il n'arrivait à les esquiver et très rapidement il se trouva surpris par l'une d'entre elle, puis ne put éviter la cinquantaine qui suivirent. Hurlant de douleur jusqu'à la fin de l'attaque, qui dura pendant près d'une minute.

Après que la fumée de ses détonations se soit totalement dissipée, Lucifer trouva l'Archange, un genoux à terre et le visage recouvert de sang. Il ne put s'empêcher d'émettre un large sourire, bien trop satisfait de la réussite glorieuse de son attaque, mais il vit aussi, le regard déterminant et exacerbé de Michel.

Visiblement, le combat qu'ils avaient fait jusqu'à présent, n'était qu'un échauffement et Lucifer en fit aussitôt les frais de sa colère, car l'Archange alla le rejoindre dans les airs, si vite, qu'il se déplaça tout comme Lucifer... instantanément...

Quand il réapparut, ce fut avec le poing collé contre la joue de Lucifer.

Avec une force phénoménale il envoya le jeune homme s'écraser dans les dunes rocheuse, à plus d'un kilomètre.

Ne pouvant contrôler sa chute, il continua à pourfendre la roche encore et encore, pendant plusieurs secondes.

Voyant l'urgence du moment, Stella tenta de partir de suite le rejoindre afin de lui donner une partie de sa force, mais une lame se mis en travers, à la hauteur de sa gorge. Quand elle releva les yeux, elle s'aperçut que son attaquant n'était autre... que sa grande sœur Gabrielle.

Analysant rapidement la situation, Lucifer fit rougir l'épée de celle ci à l'aide d'un simple regard aux yeux couleur de braise pour désarmer l'Archange. Stella en profita pour s'accroupir vivement auprès de son aimé et lui tenir la main. Immédiatement les effets de leur union se firent sentir dans l'ensemble du champ de bataille.

- Empêchez les de rester l'un contre l'autre ! Hurle Michel à tout ceux qui pouvaient entendre ses ordres.
- Tu n'aurais jamais dû venir m'aider ma belle, dit Lucifer avec un large sourire, sachant qu'il n'en pensait pas lui même un traître mot.
- Oui mais voilà ! Je suis avec toi, que le destin viennent nous séparer s'il en est capable ! Dieu lui même n'y arrivera jamais et toi sans moi, tu sais très bien que

nous sommes incomplets ! Alors il va falloir t'habituer à m'avoir sur le dos tout au long de cette guerre, répond t-elle fermement.

Aussitôt l'archange Lucifer lui fit un sourire qui se voulait à la fois désespéré et stupéfait par la volonté incroyable que démontrait sa jeune compagne.

Il finirent par lever les yeux au ciel, et tels des rapaces s'abattant sur du gibier, une armée formée d'une centaine d'Anges arrivaient à toute vitesse sur eux.

Stella serra fermement la main de Lucifer, puis elle le regarda avec le plus jolie des visage.

Il comprit de suite ce qu'elle attendait de lui.

Après une poussée vers le haut, pulvérisant tout ce qui se trouvait sur leur passage, les ailes des deux anges se déployèrent dans une scène spectaculaire qui désintégra tout ennemi se trouvant sur l'onde de choc que les deux amants dégageaient hors de leurs corps.

L'attaque dura plusieurs minutes puis quand elle prit fin, le compte rendu des pertes fut donné au chef des Archanges.

Une sueur humaine glissa le long de sa colonne vertébrale, il poussa alors un cri de dernier recours, afin de rallier son armée, si toutefois il restait encore des survivants, après cette effrayante attaque. C'est alors que surgit des gravats de roches, l'Archange Gabrielle complètement décomposée, puis rampant, la jambe complètement broyée, apparut Métatron.

– Seigneur ! mais qui sont ces créatures sortis tout droit des abîmes, s'exclame Métatron en regardant son chef de bataille Michel

– Dieu du sommet et de son trône, a omis de nous prévenir que ces deux archanges une fois réunis, deviennent invincibles.

– Ce ne sont pas des abîmes qu'ils sont nés, ce sont des

enfants de Dieu, mais leur destination finale, sera une virée tout droit et sans arrêt, au royaume des enfers, une fois que je me serais débarrassée de ma sœur cadette...

Dénuée de tout sentiment, Gabrielle se rue vers la jeune Stella en brandissant sa légendaire épée. La lame de la furieuse Gabrielle est prévisible aux yeux de Lucifer.

Il claque les doigts de sa main droite et fait apparaître dans un tourbillon de feu, Auréliel prête à contrer son attaque, mais subitement, sous les regards médusés de ses adversaires, l'Archange Gabrielle disparut de leur champ de vision.

> – Bon sang ! mais où est elle passée ? Se questionne Lucifer à haute voix en regardant sans cesse autour lui.
> – Tu m'as réclamé ? J'ai cru comprendre ! Répond soudain Gabrielle, surgissant dans le dos de sa petite sœur.

Mais en regardant de plus près, il s'aperçut que la pointe de l'épée de l'Archange dépassait du ventre de Stella, qui n'arrivait plus à émettre un son.

Le coup que venait de lui porter Gabrielle avait été fatal à sa propre sœur.

Il eut à peine le temps de s'en rendre compte, qu'il la vit retirer son épée, aussi rapidement qu'elle était entrée, s'aidant de son pied droit et propulsant la jeune fille mourante, le visage contre terre, aux pieds de Lucifer.

> – Stella... !dit Lucifer en émettant à peine un son, tant le choc fut intense,

Et se lançant vers son amour, se tenant entre la vie et la mort, il sentit couler des larmes incontrôlable le long de ses joues.

Puis il la prit avec douceur dans ses bras et la serra contre lui en sanglotant sans arrêt.

- Mon amour ! Dit Stella à Lucifer qui la suppliait de ne pas parler, de peur qu'elle ne s'éteigne sous ses yeux, déjà étouffé par l'immense douleur de la voir dans cette état,
Quoi qu'il... puisse advenir de mon enveloppe... n'oublie pas...
- Non Stella ! Garde ta respiration tu vas t'en sortir, lui dit il les yeux pleins de larmes, en appuyant avec désespoir sur la plaie irréparable qui ne cessait de recouvrir ses mains de sang tant l'hémorragie était importante.
- Non mon amour...écoute moi ! et c'est dans un dernier souffle qu'elle lui transmet cette ultime message,
N'oublie pas notre première rencontre et sers toi en, pour prouver à ton père et à tous ceux qui se mettrons sur ta route, que tu es né avec un esprit libre...

Elle se mit a tousser fortement, expulsant du sang de sa bouche, sous les yeux horrifiés de son compagnon, puis avant de s'éteindre elle lui caressa le visage, laissant une parcelle de sang sur sa joue droite et termina sur une phrase, qui réveilla la colère ultime de Lucifer :

- Tu peux maintenant leur montrer ton vrai visage... dit elle avec le sourire. Puis son cœur cessa de battre.

Lucifer la serra plus fortement contre lui, pleurant toutes les larmes de son corps, lui ferma les yeux et en faisant ce geste, il entrevit une larme couler sur la joue glacée de Stella.
Métatron en boitillant, se rapprocha de l'Archange Michel pour lui annoncer fièrement, que grâce a cette attaque émis par Gabrielle, la guerre était dès à présent gagnée d'avance.
Mais Michel le visage éteint et craintif, le stoppa aussitôt dans

ses réjouissances un peu trop hâtives et lui avoua froidement :

– Qu'avons nous fait ? Je pense, que tout au contraire, Gabrielle dans sa soif de jalousie n'aurait jamais dû s'en prendre à Stella.
À présent, nous allons devoir subir la colère du fils de Dieu en personne.
Nous avons transformé sa colère en haine, et ça, nous allons devoir le payer éternellement...

Métatron le regarda et réalisa la portée des paroles prononcées par Michel.
À ce moment même, le visage de Lucifer se tourna en direction de Gabrielle à une rapidité fulgurante, avec des yeux si effrayant qu'elle fit deux pas en arrière.
Ses dents acérées montraient deux paires de canines importantes, ses yeux rouges vif étaient entourés de noir autour de ses pupilles, ses ongles avaient poussé graduellement et son aura était visible a l'œil nu. Une aura rouge, que Belzébuth, depuis sa position senti lui sortir des sueurs glaciales.
En voyant le phénomène progresser, cela ne représentait rien de bon à ses yeux, tant pour leurs ennemies que pour leurs alliés.
Dorénavant, quiconque se mettrait en travers de son chemin risquerait d'être atrocement exterminé. La terre se mit subitement à gronder, puis il y eut des éboulements.
Quelques parcelles du palais de Dieu s'effritaient et se détachaient, pour aller s'écraser brusquement dans la cour même.
Dieu depuis son trône, sentit que quelque chose risquait de changer complètement l'issue de cette bataille, aussi il s'avança en dehors du palais et se rapprocha de l'Archange Michel, pour lui ordonner d'évacuer les habitants du palais et de mobiliser tout le reste des gardes du royaume, afin d'arrêter Lucifer.
En voyant le regard de Lucifer rester fixé sur elle Gabrielle se

mit en position de combat, prête à l'affrontement. Après tout, Dieu ne l'avait il pas gratifié de grands pouvoirs, mais quelque chose en elle, sentait bien qu'elle n'aurait jamais dû, commettre l'erreur d'abattre sa sœur...

Mais soit ! Se dit elle, maintenant que le mal est fait, j'attends mon heure avec gloire...

Instantanément Lucifer disparaît de sa vision. Un grand calme, et alors que Gabrielle s'inquiète de savoir où il a bien put disparaître, un énorme bruit tonne dans les airs. La jeune femme regarde dans la direction du bruit... et à peine lève t-elle les yeux, qu'elle ne vit pas que Métatron est projeté comme un détritus en plein sur elle, les expulsant tous deux sur plusieurs lieues.

Avant même d'attendre l'arrêt de leur dégringolade, Lucifer apparaît juste derrière eux et leur fracasse le visage contre terre, d'un seul coup de poing, provoquant un cratère de plusieurs centaine de mètres de diamètre et environ une centaine de coudées de profondeur.

Les deux Archanges victimes de sa colère sont immobilisés, face contre terre et n'ont pas la force de se relever.

Mais Lucifer s'occupe de le faire à leur place, en saisissant les deux Archanges par la gorge, pendant que Michel arrive à toute allure en renfort, afin de sortir ses coéquipiers de cette situation dangereuse.

Lucifer anticipe son arrivée en expulsant négligemment sur lui, les deux Archanges, afin de ralentir sa course.

Immédiatement après, Lucifer rejoint Michel, s'étant propulsé d'un seul élan, tout en sortant son épée Auréliel.

Pris par les circonstance, Michel expulse de sa trajectoire ses soldats gravement blessés, qui retombent à terre, afin de pouvoir parer l'attaque effrayante de l'Archange fou de rage.

Leurs deux épées s'entrechoquent et l'onde choc produite est l'équivalent d'une bombe atomique. Le souffle tout autour de l'épicentre est titanesque et des flammes en jaillissent dans un flot continu de lumière.

Les deux hommes se regardent, épée contre épée, ne voulant lâcher prise sous aucun prétexte, car ils savent très bien que la moindre faiblesse, peu les entraîner vers une mort certaine.

Alors la lutte pour prendre l'avantage continue, jusqu'à ce que Lucifer, fatigué de jouer à ce petit jeu, décide d'envoyer un geyser de flammes. Prenant des risques, il ne tient son épée que d'une seule main, Michel se fait surprendre par son attaque et la subit, essayant tant bien que mal de se protéger. Cependant, les flammes produites par Lucifer, le brûlent terriblement tout en l'envoyant valser sur des dizaines de lieues, traversant sur sa lancée, le royaume de Dieu et avant même qu'il ne puisse s'arrêter, l'Archange et son aura rouge en feu, apparaît derrière et lui inflige un violent coup de poing sur la tempe droite, laissant dès à présent Michel dans l'incapacité de combattre.

L'archange est à terre, Lucifer le regarde sans éprouver un quelconque intérêt, d'un claquement de doigt il refait apparaître Auréliel et se lance dans une ultime attaque pour achever son ennemi, mais contre toute attente, un rayon de lumière violent vient l'arrêter, le projetant sur plusieurs longueurs. Lucifer effectue rapidement une pirouette aérienne acrobatique, pour retomber sur ses pieds et découvrir, quel est son nouvel adversaire...

Le champ de bataille et si silencieux, que même l'armée de Lucifer avec son cousin, n'émet plus aucun bruit, avec ce qui reste de l'armée des opposants. Alors qu'il se redresse, Lucifer comprend très rapidement, à défaut de ne pas y voir très clair, en regard de la distance qui les sépare de son adversaire, qui n'est autre... que son propre père...

Le visage de Lucifer se couvrit d'un sourire vengeur et il engage le dialogue :

> – Tu as fini par sortir de ton trou, vieux débris ! Dit il d'un ton moqueur.

– Je n'ai jamais voulu que tout ceci prenne de telles proportions... toi seul est coupable de ta propre colère !

– Arrête d'essayer de décliner la responsabilité de tout ce désastre.

M'avoir gardé des années durant, enchaîné à ton trône comme une bête, et cette pauvre Gabrielle, victime de ta manipulation maladive.

Elle m'avait révélé tes plans déjà depuis mon plus jeune âge, mais je ny ai pas prêté attention à l'époque, alors ne me dit surtout pas que je suis seul coupable de ma colère ! Renvoie il à son père.

– Sacré Gabrielle, dit il avec le sourire.

Satisfait de son résultat si soudainement dévoilé.

Depuis que j'ai découvert qu'elle éprouvait de telles émotions à ton égard, j'ai très vite compris qui s'agissait d'amour, j'ai de suite su le parti que je pouvais en tirer et j'avoue qu'elle m'a été très utile dans l'ensemble de mes projets.

En particulier quand à ma grande surprise j'ai compris que Stella était ta parfaite moitié...

Et alors qu'il s'engage sur le sujet le plus sensible de la conversation, Lucifer se projette instantanément laissant juste un brouillard de flamme, et réapparaît l'épée prête à frapper, au dessus de son père en hurlant «je te défend de prononcer ne serait ce que son nom !».

Mais son père devina son attaque subite et la para en saisissant son épée, tout simplement... d'une seule main, tandis que l'attaque détruisit le reste de l'environnement se trouvant autour de Dieu.

Puis il se mit à faire des éloges sur lui même,

N'était il pas Dieu ? L'unique ! Le tout puissant ! Etc...etc...

Devant un Lucifer imbibé de colère, mais à la fois effrayé par la parade de son père.

– Crois moi mon fils quand je te dis que tu n'as vraiment pas la moindre chance contre moi ! Et dès que tout ceci sera terminé, toi et ta petite bande de rebelles, je vais vous envoyer directement rejoindre ton deuxième père.

– Hein...que... ! Mais de quoi est ce que tu veux parler enfoiré ? réplique Lucifer, complètement perdu, entre le fait de se sentir impuissant face aux circonstances de son attaque inefficace, et cette nouvelle paralysante.

– Qu'est ce que tu croyais ? que tu avais été simplement conçu par moi ? Dit il en s'effondrant de rire,
Vois tu quand il faut faire un enfant chez les humains il faut un homme et une femme mais toi... toi tu es l'incarnation de la perfection ! Mon fils,
Simplement tu n'es pas encore prêt à être utilisé... voilà tout !

– Mais alors, qui est ma mère ? Vieux fou ! Dit il sur un ton encore plus agacé, cette fois ci, intrigué par ces nouvelles révélations.

– Je crois que tu dois bien avoir des doutes depuis longtemps ! N'est ce pas fiston ? Dit il en continuant à ricaner.
Voyons... des canines sous l'effet de la colère, les yeux sans arrêt virant au rouge, tu contrôles le feu... alors que tu es un Archange ! alors qui peut bien être ta fameuse mère ?

– Oh non, mais qui suis-je ? Se questionne à voix haute Lucifer... complètement perdu... !

– La question est plutôt, qu'est ce que tu es ?
Et bien je vais répondre à cette question... tu es une arme préparée avec soin, depuis des années par mon diabolique frère Satan.
Tu n'es pas sans savoir que plusieurs apocalypses ont eue lieu, et ce, à chaque fois qu'une espèce se voulait

impure, nous déclenchions une catastrophe qui rayait la terre de toute vie.

Nous t'avons donné la vie dans le seul but, où l'apocalypse se déclarerait dans le monde des humains, sauf qu'aucun de nous deux ne pouvait prévoir que tu serais complété par la sœur cadette de Gabrielle ainsi j'ai éliminé cette option, de façon à ce que nos projets suivent leur cours comme prévu.

— Qu'est ce que tu veux dire, par « comme prévu » ?

— Mais enfin ! Ne vois tu pas que tout ceci je l'ai envisagé, bien des années avant même que tu ne soit né, et maintenant que tu as passé la première partie de ta vie à te former au royaume du paradis et sur terre, il te reste la deuxième partie, où tu devras apprendre à devenir bien plus fort en faisant la chute dans le royaume des enfers, et en allant rencontrer ton deuxième père... « Satan »

Tout ces aveux accablèrent Lucifer, se sentant trahis au plus profond de son âme, se traitant de monstre, mais rien n'y fit.
Soudain, il releva la tête et se remémora la mort atroce de sa bien aimé Stella... ! alors il se dégagea d'un seul bond en arrière, brandit son épée devant son père et exprima à son tour ses désidératas.

— Écoute moi bien ! Vieil enfoiré de fou furieux ! Je savais tout cela, mais je n'ai pas voulu y croire.
Il fallait que je l'apprenne de ta bouche.
Je ne suis la chose de personne, et le simple fait d'être de ton sang me dégoute.
Après tout, Satan ne peut pas être pire que toi ! Alors si par malheur je dois chuter, crois en bien mes mots, je reviendrais pour achever une seule chose... et se n'est pas ton apocalypse ! Mais la vie que tu m'as arrachée

sous les yeux, et par la main de sa propre sœur dont j'ai toujours eu une très grande estime, je ne pourrais jamais te le pardonner.

Tout ce que tu touches, tu le détruis, tu n'es pas un Dieu de la création mais de la corruption et quand j'en aurai fini avec toi, je pourrais présenter mes respects à mon véritable père, le roi des enfers.

Maintenant prépare toi à connaître l'étendu de la première partie de la puissance de ton fils !

Une fois l'échange des civilités terminé, les deux hommes se mirent en garde, et Lucifer commença les hostilités en déclenchant une pluie de coups d'épée, aussi rapide qu'un éclair.

Agréablement surpris par son adaptation, Dieu pare toutes ses attaques avec l'obligation cette fois ci, de dégainer son épée, autrement, le risque d'y laisser des séquelles était bien trop important.

Sous les yeux des soldats regardant ce combat époustouflant et titanesque, multipliant les enchaînements et les techniques, entre des bains de flammes et des comètes de lumière.

Le champs de bataille n'appartenait dorénavant qu'à eux seuls.

Un combat aussi gigantesque, pouvait blesser n'importe qui voulant s'interposer ou même essayer d'aider.

Pétrifié par la peur mais à la fois tenté de vouloir aider son cousin, Belzébuth achève un soldat à ses pieds, en pleine confusion.

La terre sous ses pieds gronde, plusieurs débris de roche au sol sont en lévitation, Belzébuth regarde devant lui l'espace d'une seconde et en un instant les deux combattants déchaînés se retrouvent à s'échanger des coups, tout prêt de lui et les quelque quatre cent Anges autour de lui qui suivent le combat.

Les coups d'épée sont en constante continuité, Lucifer est à peine à deux mètres de sont père.

Tout le monde les regarde, en se demandant ce qu'ils vont faire, espérant ne pas être blessé accidentellement ou tué.

Soudain, Lucifer effectue une série de geste avec ses doigts puis se mord le pouce et fait glisser le sang qui s'en échappe le long de son bras droit en prononçant à voix haute « les bras aux cinq flammes ».

Soudain le regard de Dieu change, comme si cette technique n'était pas encore à sa portée, pris par surprise et sous les yeux de tous il se mit à courir, prenant la fuite en formant une série de vague de droite à gauche.

Lucifer lança alors une première attaque de la main droite et un incroyable f aisseau de flammes en jaillit, suivant les mouvements de Dieu.

Malgré ses efforts incontestables, afin d'éviter cette attaque, son père se fait percuter de plein fouet l'épaule droite, l'immobilisant au sol le genoux à terre.

Mais hors de question de rester ainsi car à peine l'eut il touché, que Lucifer lance sa deuxième vague de la main gauche.

À ce moment précis, Dieu n'a d'autre choix que de mettre son épée en avant afin de limiter l'impact de l'attaque.

Quand l'onde de choc finit par arriver sur lui, l'épée ne lui fut pas d'un grand secours, et il fut propulsé dans les mûrs du palais.

Quand le calme revint après la deuxième attaque, il était complètement brûlé, mais la troisième attaque ne s'enchaîna pas aussi bien que la deuxième.

En regardant Lucifer, Dieu comprit que n'ayant pas Stella à ses cotés, il était vidé de son énergie, et il sourit de loin.

    – Visiblement, ton attaque n'est pas encore au point.
      Évite de produire une attaque qui peut te détruire aussi !
      dit il à bout de force avec un ton moqueur comme dans

ses habitudes.

— Si ça peut me permettre de t'emmener avec moi jusqu'au fin fond des limbes ! Lui dit il en crachant du sang, fortement affaibli par cette attaque.

Alors je le ferais !

Aussitôt il hurla de toutes ses forces, puis envoya la troisième et la quatrième successivement contre son père en posant ses deux genoux contre le sol.

Les yeux écarquillés Dieu sortit de son amas de débris puis enchaîna rapidement à son tour des mouvements avec ses doigts en prononçant à haute voix « le bouclier des huis clos ».

L'effet fut immédiat. Une onde verte et épaisse l'entoura, comme une vague construction de mur formant un carré.

Quand les deux attaques simultanées atteignirent son père, le mûr s'effrita très largement, mais Dieu ne fut pas blessé. Une fois terminé, Dieu renvoya l'attaque de Lucifer, confinée dans une bulle d'énergie qu'il avait confectionnée durant sa protection, en pleine face de l'Archange, complètement hors de combat.

L'explosion qu'elle produisit fit de gros dégâts dans son secteur, blessant et tuant plusieurs des Anges qui étaient dans son rayonnement. La plupart étant même des soldats du régiment de Dieu.

Quand il vit que son fils était au sol, immobile, il profita de cette occasion pour lui porter le coup fatal, en dégageant une poussée de lumière, terrassant tout sur son passage.

Mais quand elle arriva sur l'archange, elle fut repoussée dans une autre direction.

— Comment ? S'écrie Dieu ! Qui a eu l'audace... ?

La fumée de l'impact dissipée, il entre aperçut une silhouette qui se tenait devant le corps épuisé de son fils.

C'était son neveu Belzébuth, qui s'était interposé entre lui et Lucifer.

- Que fais tu devant ton cousin, Belzébuth ? Toi comme moi, savons éperdument que tu n'as pas l'ombre d'une chance ! lui dit-il.
- Je n'ai peut être pas la moindre chance, mais il est hors de question, que je te laisse abattre ton propre fils sous mes yeux ! Lui répond-il affreusement déçu par son attitude envers son propre enfant.
  Mais enfin, regarde autour de toi, pauvre fou, tu es allé jusqu'à tuer tes propres hommes pour arriver à tes fins !
  Mais si tu regardes bien, plus personne n'est entrain de se battre, dans cette guerre qui n'a plus aucun sens, si on fini même par tuer nos propre soldats !
- Vos hommes ne sont peut être pas prêts à mourir pour votre cause, mais les miens ne demandent que ça ! Dit il en se mettant à rire nerveusement.
- Mais qu'est ce que tu racontes ? Personne n'irait jusqu'à se sacrifier, sans la moindre raison ! C'est cela qui fait toute la différence entre toi et ton fils !
  Lui n'a pas demandé à ses compagnons de mourir pour lui, mais de se battre jusqu'à la mort pour la cause que nous défendons sans faillir.
- Et qui est ?
- La liberté ! Même les humains essaient de trouver cette paix, qu'on nous refuse d'avoir à la naissance.
- La liberté c'est bien ça ? Alors je te conseille de bien regarder sur ta gauche, et de prendre soin de te battre sans faillir, comme tu l'a si bien dit, car elle va t'être supprimée à grande vitesse.
- Comment !

A ce moment là, Belzébuth regarde sur sa gauche et prend un

faramineux coup de poing en traître de la part de l'Archange Michel qui s'était relevé blessé, quelques minutes avant dans la discrétion la plus totale, envoyant Belzébuth dans le décor sur plusieurs toises.

Une fois l'Archange mis hors circuit, Michel prépare son épée pour terminer le travail de son maître.

Il se jette de tout son poids sur cette attaque, pour en finir une bonne fois pour toutes, mais il fut arrêté par les mains ensanglantées de Lucifer qui n'avait pas dit son dernier mot.

> – Je croyais m'être débarrassé de toi ! Mais quand est ce que tu vas te décider à crever ? Bordel !

Il lance alors sa dernière vague de flammes sur Michel, qu'il ne manque pas de toucher à bout portant, se blessant avec lui dans l'explosion, mais mettant l'Archange Michel définitivement hors de combat.

Les choses commencent à être inquiétante du côté de Lucifer.

Sa volonté d'entrer en état de rage, ne l'emporte plus sur la triste réalité des blessures de son corps, Belzébuth au loin, se relève tant bien que mal, mais reste aussi très sonné par l'attaque surprise de Michel.

Dieu profite de cette vision de terreur et d'impuissance pour humilier d'avantage les deux Archanges en ricanant sans arrêt.

> – Eh bien mon fils ! Malgré que tu m'aies incroyablement surpris, avec cette dernière attaque, tu dois te rendre à l'évidence... vous êtes l'image même de la défaite ! Dit il tout en demandant aux soldats de s'emparer de tous les opposants.

La terre se mit à trembler, tout le monde se regarda, en se demandant ce qui se passait.

C'est là que Lucifer, se relevant à l'aide de son épée, le corps entouré d'une aura noire, les yeux devenus blancs sur un globe noir, les traits du visage plus déterminés que jamais à venger la mort de Stella.

Dieu n'en crut pas ses yeux, il se demanda même si son fils n'était pas en avance sur les étapes de son évolution.

Ils s'avança alors doucement, d'un pas décidé et se planta devant Lucifer.

Les deux hommes se regardèrent intensément, et à peine son père se trouva t-il à sa porté, que Lucifer lui donna un coup de poing si rapide et si puissant, qu'il envoya implacablement Dieu s'écraser contre une poutre voisine, faisant ébouler l'édifice qu'elle soutenait.

Dieu se releva prestement des débris et sous l'effet de la colère et de l'humiliation, fait exploser une aura de lumière.

Le combat prit une tournure plutôt inattendu du côté de Lucifer, et les attaques incessantes de son père, à grands coups d'épée ne furent d'aucune importance pour son fils, qui les contrait à chaque fois.

Soudain Lucifer enveloppa son épée de flammes, et quand il croisa le fer contre son père, tout explosa autour d'eux quand il bloqua l'une de ses attaques.

Lucifer tendit juste son index, en direction du visage de Dieu, et fit naître un rayon rouge que son père s'empressa d'esquiver, sachant les dégâts qu'il pouvait causer sur son passage.

Il le manqua de peu, mais le brûla tout de même sérieusement sur le haut de son épaule.

Dieu émit un signe de faiblesse, en baissant malencontreusement sa garde, dû à la douleur de l'attaque, que son fils exploita sans la moindre pitié, en lui assénant un coup de poing en pleine mâchoire, le faisant décoller à plusieurs quinzaine de mètres de haut.

Mais pas question de le laisser respirer... Lucifer fit une apparition instantanée sous ses nuages de flammes et prit son père par la gorge de la main gauche, continuant à le rouer de coups de la main droite.

Tout en montant il fit apparaître Auréliel et frappa son père, dans une suite vertigineuse de lancer de flammes afin d'être sûr que ce coup lui soit fatal.

Cette fois ci, ce fut à Dieu de se retrouver en position de faiblesse.

Le corps en sang, ne pouvant plus prévoir les attaques de son fils, tellement imprévisible sous les effets de la colère, d'autant plus justifiée, pour la jeune Stella qu'il commençait de regretter mais un peu tard, de l'avoir faite assassinée.

Lucifer flottait au dessus du corps de son père, mais la colère qui était en lui n'arrivait plus à se contrôler.

Il poussa subitement un cri de folie, de rage et de peine qui fit tout balayer sur plusieurs kilomètres. Tous les soldats commençaient à se faire du soucis, mais soudain, alors que Lucifer hurlait de peine il vit le corps de Stella rouler sur le sol, à cause de la force qui émanait de lui.

Le silence se fit alors, et le jeune homme se déplaça instantanément devant le corps de la jeune fille aux cheveux couleur blé.

Il se mit a genoux et éclata en sanglots, ne cessant de lui parler.

– Regarde se qu'ils ont fait de moi mon amour, je ne suis que le fruit d'une expérience, je pensais que nos destins étaient liés pour l'éternité, mais ils ne nous ont pas laissé le temps d'exprimer suffisamment notre amour.

Tu me complétais, je t'ai toujours aimé, depuis la première seconde où mon regard a eu la chance de croiser le tien.

Bientôt je finirais par maudire ce jour, car je sais pertinemment, que ma souffrance sera infini et m'emportera vers des jours plus sombres, alors je t'en

supplie ma Stella reviens moi ! Sans toi je ne pourrais plus vivre.
Tu étais la seule qui savait guérir mon cœur... !

Des larmes poignantes coulèrent à flots de ses yeux, retombant sur le visage pâle et rigide de la jeune Ange, morte dans ses bras.
Quand tout à coup, Lucifer ressentit la température de la peau de Stella augmenter légèrement, puis avec plus d'attention, collant son oreille contre sa poitrine, il écouta les battements de son cœur.
Les yeux écarquillés, il était paralysé. Aussi incroyable que ça puisse paraître, la jeune fille était revenue à la vie.
Le pouls faible, mais elle était tout de même bien vivante !
Malheureusement il remarqua aussi très vite, qu'il n'y avait pas qu'elle qui venait de survivre... S'approchant avec difficulté, Gabrielle se retrouva rampant, à traîner lourdement son corps ensanglanté.
Lucifer pointa Auréliel devant le visage de l'Archange, afin de lui faire comprendre, qu'elle ferait mieux de se tenir à distance, après ce qu'elle lui avait fait.
Mais Gabrielle surpris Lucifer, quand elle lui avoua ne pas être ici pour tuer une fois de plus sa sœur, mais seulement pour s'assurer qu'elle était bel et bien en vie !

— Pourquoi veux-tu savoir si son cœur bat réellement ?
  C'est pour pouvoir recommencer ta stupide preuve de jalousie envers elle ? Lui dit il froidement
— Tu n'y es pas du tout Lucifer ! Pendant que tu discutais avec ton père, j'ai très bien entendu son discours sur sa manière de m'avoir manipulée, lui avoue t-elle,
  je peux ? Dit elle en tendant sa main.
— Que veux tu Gabrielle ?
— Je voudrais juste la prendre dans mes bras ! Si tu savais

comme je regrette mon geste, mais voilà, j'ai la chance
à présent, qu'elle soit revenue parmi nous.
Elle est dans un état très faible... laisse moi l'aider cette
fois ci !

– Comment ça l'aider ? tu veux dire que...
– Oui ! je peux la réveiller ! Pour l'instant elle est vivante,
   mais cela risque de ne pas durer longtemps, si tu ne me
   laisses pas la réveiller !

Il lui cède alors sa place, de façon à ce qu'elle utilise ses
facultés de guérison.
Elle posa doucement ses deux mains sur la plaie causée par sa
propre épée, puis elle dégagea une lumière douce et apaisante
qui fit immédiatement ses preuves, car les paupière de la jeune
Stella se mirent à s'ouvrir délicatement, sous le regard
émerveillé de Lucifer.
Quand elle finit par les ouvrir entièrement, Stella toucha le
visage de sa sœur qui se trouvait toujours au-dessus d'elle puis
elle lui dit avec une voix encore très faible « je te pardonne ».
Ces simple mots décomposèrent l'Archange Gabrielle, et très
vite Lucifer s'interposa entre elle et sa sœur pour avoir à son
tour la chance de la voir en vie.

– Mon amour tu es en vie ? Dit Stella en s'enlaçant, sans
   se soucier du nouveau visage de Lucifer
– Oui, je le suis ! Mais pourras tu continuer de m'aimer
   avec se visage là ?
– Ce visage ou un autre, rien ne change pour moi.
   Tu es et tu resteras l'amour de ma vie.
   Maintenant il est temps pour nous, de nous dire au
   revoir !
– Au...au revoir ! mais enfin pourquoi au revoir ?
   Demande Lucifer, étonné par cette annonce.
– Je capte les vibrations et les intentions de Gabrielle.

Il ne fait aucun doute que nous ne sommes pas encore prêt pour gagner cette guerre... alors terminons ce que nous avons commencé, et pars rejoindre ton deuxième père afin de devenir l'entité que tout le monde attend.

Sans cela nous ne pourrons jamais nous libérer de tous ces maux !

– Comment sais tu pour mon deuxième père ?

– J'étais morte ! Dans ce monde ou nous accueillons les défunts, crois tu que j'ai pu manquer une seule seconde de la révélation que t'a faite Dieu ?

– Alors, tu sais tout... !

– Pas besoin d'être médium pour deviner que ton sang n'était pas seulement constitué de ton père.

Cette agressivité et cet instinct de protection que j'ai toujours admiré en toi... il était plus que probable qu'ils ne te venaient pas de Dieu.

Mais à présent embrasse moi comme si c'était la dernière fois, et fais donc face à ton dernier combat... ma sœur n'attend plus que ça ! Dit elle en embrassant fougueusement le jeune Archange

Le baiser des deux Anges se prolonge un long moment, sous les yeux peinés de Gabrielle, mais elle n'intervient pas.

Alors ce sont les larmes aux yeux et le cœur serré, qu'ils se disent adieu à jamais, avec un tendre baiser.

Leurs lèvres finissent par se désunir tendrement, et Stella adresse un dernier sourire à son amour car elle sait qu'une fois encore, après le combat qui l'attend, elle devra perdre à nouveau celui pour qui elle aurait donné sa vie une fois de plus.

Mais elle sourit quand même, le visage et les yeux brillants, les pupilles dilatées, et quand Lucifer fait glisser sa main le long de sa joue pour la rassurer, elle perçoit sa tristesse et son désarroi pour ce destin qui lui semble tellement injuste.

Alors elle ne dit pas un mot, continue de lui sourire, embrasse

la paume de sa main puis en la relâchant lui dit adieu, essayant de ne pas être trop mélancolique pour ne pas influencer le combat qui attend les deux êtres qu'elle chérie plus que tout.
Lucifer se tourne vers Gabrielle et subitement sont expression a changé, ce qui déstabilise quelque peu la jeune femme.

- Alors ça y est, nous y voici ! Notre grand combat prévu depuis des millénaires par mon père ! Adresse ironiquement Lucifer à Gabrielle.
- On dirait bien ! Réplique t elle
  Je suis vraiment désolé que les choses se soit déroulées de cette façon, mais je suis la création de Dieu de ton père, du moins de ton premier, se justifie t-elle,
  J'ai été créée pour protéger notre père et je ne te blâme pas d'avoir un avis différent, au vu des faits qui nous ont été révélés dernièrement, je fais bien sûr allusion, à ton second père celui de la perversion et de la manipulation...
- Stop ! je t'arrête de suite si tu crois que le Dieu du paradis vaut bien mieux que celui des enfers, je préfère encore que tu ne dises rien ! dit Lucifer agacé par les paroles de Gabrielle, Ce que j'ai pu constater jusqu'à ce jour, Dieu est aussi pourri que les manipulations qu'il s'est amusé de concrétiser derrière mon dos ! À moi ! Son propre enfant ! Alors crois moi quand je te dis qu'une fois ce combat terminé, je prierais Satan pour le retrouver le plus rapidement possible après ma chute...
- As-tu au moins une seule idée de ce que peut être la chute ? Demande Gabrielle consternée !
- Pas la moindre idée et toi non plus d'ailleurs ! Alors pourquoi en faire toute une histoire tant qu'on ne l'a pas vécue ?
- C'est vrai, mais j'en ai entendu parler... tes ailes brûleront, pendant que ton agonie ira grandissante...

Lucifer fit un large sourire et d'un claquement de doigt Auréliel apparut dans un tourbillon de feu.
Il la mit devant le nez de l'archange en lui annonçant qu'il n'attendait que ça...

A ces mots, plus que désireuse d'aller au devant de sa destiné, Gabrielle se met en garde.
Lucifer fait jaillir des flammes de toute part sur le champ de bataille, tout en se préparant à frapper le grand coup décisif qui anéantira son adversaire.
L'archange Gabrielle impassible, se demande de quelle manière Lucifer allait procéder pour cette ultime assaut.
Lucifer se propulse dans les airs en un éclair, hurlant de rage, puis plonge dans la direction de son adversaire... arrivant à la hauteur de Gabrielle, les deux épées se heurtent dans un bruit de tonnerre, faisant jaillir des geysers de flammes aussi spectaculaires que dévastatrices.
Face à la vitesse d' adaptation de l'archange et à son habileté au combat, Lucifer décide de la surprendre, en répondant d'un revers de main, déstabilisant la jeune femme. Il lui assène ensuite un coup de poing fulgurant, qui propulse Gabrielle à une trentaine de mètres, ainsi profite t il de cette faille pour se lancer sur le corps à terre de la jeune femme.
Mais alors que la victoire semble sourire à Lucifer, une aide imprévue vient se ranger aux cotés de Gabrielle :

- Michel ! S'écrie Lucifer à la fois étonné et contrarié.
- Comment as tu pu croire que j'allais te laisser détruire tous les projets que ton père et moi avons construit ?
- Je ne l'ai jamais cru ! c'est là votre plus grande erreur dans cette histoire.
- Comment ! S'exclame l'archange Michel n'en croyant pas ses oreilles.

– J'ai haï mon père pour son despotisme envers l'humanité, et non pour son manque d'attention envers l'amour que je lui portais.
Si aujourd'hui je suis ici c'est pour rectifier une partie de l'histoire.
En ce qui me concerne, j'ai accepté mon destin et je sais pertinemment quel sort me réserve mon père.

– Parfait ! Alors si tu veux bien, évitons cet affrontement et je te demande de déposer les armes.

– C'est absolument hors de question ! Répond Lucifer avec un regard sombre et un sourire glacial.

– Que veux-tu dire par là ?

– Cela fait trop longtemps que je veux savoir lequel de nous deux est le plus puissant dans un face à face... aussi voilà ce que je te propose :
Sur un face à face d'énergie pur... seulement toi et moi ; le plus fort aura désormais le droit de commander et si tu me bats, je ferais ce que tu me diras sans discuter.

– Mais enfin Lucifer ! Si je fais ce que tu demandes, nous risquons de détruire le paradis tout entier...

– Et bien, quelle importance ! je ne vois pas comment il pourrait être pire qu'en ce moment. De toutes façons, père arrangera ça d'un claquement de doigts.

– (réflexion)… C'est entendu fils de Dieu met toi en garde !

Le combat avec l'archange Michel était perdu d'avance... Face aux millénaires d'expérience, Lucifer n'avait aucune chance, bien que vaillant et d'une force peu commune, il plia les genoux sous l'énergie de Michel à cause du long combat avec son père, de celui de Gabrielle et du manque d'entraînement. A contre cœur il s'avoua vaincu, terrassé de fatigue.
L'archange Michel n'avait détruit aucun édifice, il s'était contenté d'entourer Lucifer d'une aura céleste, ne voulant pas

blesser le fils de Dieu en aucune façon, il avait contenu la rage du révolté dans une aura d'Amour et cela avait suffit pour anéantir sa fougue destructrice.

Le combat était terminé...
La bataille est définitivement terminée, ainsi que la guerre qu'il s'était promis de faire à son père, Dieu ! qui se relève, comme si rien ne s'était passé.

Lucifer regarde ses camarades se faire prendre aux mains de l'élite de son père et ne réalise pas, que lui aussi est à son tour embarqué avec eux.

Terrible déception !... mais c'est néanmoins avec une grande lucidité,qu'il constate à présent, qu'il connaît le fin mot de l'histoire, sur ses origines et les intentions de son père.

Il se dirige machinalement à l'endroit où on lui ordonne de marcher. Ses camarades de combat font de même, et ils se retrouvent tous dans un couloir étrange, dont ils ignoraient jusqu'à lors l'existence.

C'est à ce moment que surgit soudain Stella, se jetant à corps perdu sur Lucifer, l'encerclant de ses bras et s'accrochant à lui, sachant pertinemment qu'elle ne le reverrait sans doute jamais plus s'il s'en allait. Elle le supplia de demander pardon à son père, au nom de son Amour, afin qu'ils puissent encore continuer de s'aimer. Mais rien n'y fit, l'orgueil de Lucifer lui dicta le contraire et c'est avec la rage au cœur qu'il se détacha, non sans mal, de Stella pour rejoindre ses compagnons d'infortune.

Il ressentit dans ce lieu insolite, une impression étrange, l'angoisse qu'il dégageait lui enserrait la gorge. Il se tourna vers son cousin, comme si celui-ci pouvait répondre au regard interrogateur qu'il lui lançait !.

CHAPITRE XVI

LA CHUTE DES ANGES DECHUS

Son père s'avança vers eux, il eut l'air désolé pour ce qu'il s'apprêtait à faire à ses créations.

Son frère avait gagné la bataille cette fois ci, mais pour eux ce n'était qu'un de leur nombreux jeu, une joute qu'ils se faisaient depuis la nuit des temps, il aurait sa revanche.

Son propre fils s'était retourné contre lui... Il allait le lui envoyer avec tous ceux qui s'étaient ligués contre lui. C'était maintenant à lui de voir comment allait réagir son frère face à ces légions d'insoumis. Il se délectait déjà et imaginait la tête qu'il ferait quand tous ces troublions arriveraient dans son royaume...

D'un geste large de la main Dieu effaça la mémoire de tous les archanges et anges qu'il allait renvoyer du Paradis pour l'éternité.

Au contraire de ce que pouvait penser Dieu, son frère Satan, était bien trop content de les accueillir, il allait les former en tant que gardien, pour les trop nombreuses âmes des êtres qui garnissaient son royaume. Surtout, il allait enfin recevoir son fils. Après toutes ces années à espérer...

De son autre main Dieu fit s'ouvrir le sol où se tenaient les insoumis et la longue chute commença pour les rebelles à sa loi.

La chute fut interminable et la douleur insoutenable.

Au fur et à mesure que les excommuniés tombaient, leur corps changeaient non sans douleur comme on pourrait l'imaginer. Les hurlements des uns se confondaient avec les cris des autres en une plainte de désespoir qui ne semblait pas finir. Lucifer bien que stoïque au début, ne put s'empêcher de hurler de douleur quand ses ailes s'arrachèrent de son dos. Il ressentit une souffrance qu'il ne pouvait supporter sans rugir. Contrairement aux autres, sa mémoire à lui n'avait pas été effacée, ou alors ! Avait-il le pouvoir de résister ? Serait ce le fait que Stella avait été à proximité de lui ? Le saurait il un jour ? Son deuxième père, Satan allait tout lui expliquer. Mais il savait une chose certaine : c'est cette douleur incessante, et ça... Il allait lui faire payer... Lui... Et cette chute qui n'en finissait pas...

Chute, douleur... Douleur, chute...

Et le doux visage de Stella, allait-il le revoir un jour ?

Tous les sentiments se mélangeaient. Mais il allait revenir plus fort qu'avant. Il jurait qu'il prendrait sa revanche, et elle aurait un goût de vengeance !

C'est sur ces pensées qu'il s'évanouit, la douleur étant plus forte que son courage.

TOME 2

La vengeance d'un Prince

TOME 3

l'apocalypse

© 2018, Marchica, Anthony
Edition : Books on Demand,
12/14 rond-Point des Champs-Elysées, 75008 Paris
Impression : BoD - Books on Demand, Norderstedt, Allemagne
ISBN : 9782322122318
Dépôt légal : mai 2018